Serge

Du même auteur

Conversations après un enterrement
La Traversée de l'hiver
L'Homme du hasard
« Art »
Hammerklavier
Une désolation
Le Pique-Nique de Lulu Kreutz
Trois versions de la vie
Adam Haberberg, deuxième édition :
Hommes qui ne savent pas être aimés
Une pièce espagnole
Nulle part
Dans la luge d'Arthur Schopenhauer
L'aube le soir ou la nuit
Le dieu du carnage
Comment vous racontez la partie
Heureux les heureux
Bella Figura
Babylone
Anne-Marie la beauté

Yasmina Reza

Serge

Flammarion

*Il a été tiré de l'édition originale de cet ouvrage
40 exemplaires sur vélin Rivoli des papeteries Arjowiggins
numérotés de 1 à 40.*

© Flammarion, 2021.
ISBN : 978-2-0802-3593-0

À mon Vladichka

À Magda et Imre Kertész, amis chéris

La piscine de Bègues date des années vingt ou trente. Je n'étais pas allé dans une piscine depuis le lycée. Obligation de bonnet de bain paraît-il. J'avais emporté la calotte du spa de Ouigor, toujours conservée. Avant de rentrer dans les douches un type me dit, monsieur vous ne pouvez pas entrer dans la piscine comme ça.
— Pourquoi ?
— Votre maillot est en tissu.
— Ben oui.
— Il doit être en lycra.
— J'ai été dans l'eau partout avec ce maillot, personne ne m'a jamais rien dit.
— Ici, il doit être en lycra.
— Comment je fais ?
Il me dit d'aller voir le type des cabines. J'explique mon problème au type des cabines. Il me semble un peu anormal comme ceux qu'on voit parfois faire la circulation devant les écoles. Il dit, je vais voir ce que j'ai. Il me rapporte un maillot noir et

marron. Du 56, pour Depardieu. Je dis, ça va être trop grand. J'en ai un autre plus petit. Il m'en présente un vert. Location, deux euros. Je dis, ça devrait aller, me percevant comme il y a trente ans. J'envoie Luc dans le bain. Dans la cabine, je me fous à poil, je commence à enfiler le maillot et là je me dis merde, ce maillot n'a peut-être jamais été lavé. Je décide de faire disparaître ma queue. Je tire la peau pour diminuer l'ajourage du gland et je roule l'ensemble en escargot. Bref j'en fais un clitoris. Puis je remonte le slip qui est une sorte de gaine et je l'ajuste en coinçant bien les parties entre les jambes. Tout à coup, une collerette blanchâtre et molle se met par-dessus le maillot. C'est moi. Mon ventre déborde. Je vais supprimer le pain. Et éventuellement le vin. Je passe sous la douche d'où j'aperçois Luc barboter avec ses ailerons dans le pédiluve. Qu'est-ce qu'il fabrique dans cette cuve pleine de champignons et de miasmes ?! Le pédiluve fait deux mètres cinquante de long, je le traverse comme un échassier pour éviter de poser mon pied. J'en extirpe le gosse qui veut y rester. Pour lui c'est une petite piscine, pour moi c'est le Gange.
Dans l'eau, j'essaie de lui apprendre à nager. Il a neuf ans, les enfants nagent à son âge. Je lui montre prière, sous-marin, avion, mais il s'en fout, il veut jouer. Il va partout, il se jette, il saute, il se noie à moitié. Je le ressors, il a l'air d'un rat avec sa dent de travers. Il rit. Il a constamment la bouche

ouverte. Je lui fais des signes pour qu'il la ferme quand il est loin de moi. Il m'imite pour me faire plaisir, plisse les yeux, verrouille ses lèvres l'une contre l'autre et repart la gueule béante.

Dans la rue, je lui ai expliqué comment traverser. J'ai décomposé le mouvement : AVANT de traverser tu regardes à gauche, puis tu regardes à droite, et puis encore une fois à gauche. Il fait tout bien en me singeant avec une lenteur inouïe. Il ne pense pas que ces mouvements ont une fonction, il pense juste que se déhancher et tordre son cou au ralenti sont la clé pour traverser. Il ne comprend pas que c'est pour voir les voitures. Il le fait pour m'être agréable. Pareil pour la lecture. Il lit correctement, mais souvent sans entendement. Je lui dis, tu dois respecter les points, quand tu vois un point, tu t'arrêtes et tu respires. Il fait un essai à voix haute, *L'aîné eut le moulin, le deuxième eut l'âne, le troisième n'eut que le chat.* Je dis, point !... Il s'arrête. Il prend une grande inspiration et souffle longuement avec sa bouche. Quand il redémarre, *Ce dernier fut triste d'avoir un lot si minable*, plus personne ne sait de quoi on parle.

Il m'arrivait de l'emmener le matin à l'école maternelle, il entrait dans la cour et se mettait à jouer tout seul. Il faisait le train. Il sautillait en faisant le bruit, *tchout tchout tchout*, sans se lier avec des amis. Je restais un peu, en retrait à regarder à travers la grille. Personne ne lui parlait.

J'aime bien ce gosse. Il est plus intéressant que d'autres. Je n'ai jamais su exactement qui j'étais pour lui. Pendant un temps il me voyait dans le lit de sa mère. Je garde un lien avec Marion pour ne pas le perdre lui. Mais ça je ne pense pas qu'il le sache. Et ce n'est peut-être pas complètement vrai. Il m'appelle Jean. C'est mon nom. Prononcé par lui, il a l'air encore plus court.
Est-ce que sa mère s'inquiète pour lui ? Marion croit qu'en achetant toutes sortes de produits, cagoule, mouchoirs, mercurochrome, anti-moustiques, anti-tiques, anti-tout, elle le protège de la vie. Un point commun avec ma mère cela dit. Quand on nous envoyait Serge et moi à Corvol dans la colonie de vacances juive, elle nous faisait partir avec un sac de cent dix kilos. Une infirmerie entière. C'était l'année des vipères. C'était toujours l'année des vipères.
Depuis quelques semaines Marion est amoureuse d'un autre homme. Tant mieux. Un fauché en instance de divorce. Elle paye tout, les restaurants, les cinés, elle lui fait des cadeaux. Elle s'émerveille du naturel avec lequel il accepte cet état de choses. Il ne fait pas de chichis, dit-elle. Très libre. Très masculin au fond. Certainement, je dis.
Marion m'épuise. Le genre de fille avec qui tout peut tourner au drame en une seconde pour rien, des vétilles. Un soir, après un agréable dîner au restaurant, je la dépose chez elle en voiture. Je

n'avais pas atteint le bout de la rue que mon portable sonnait.
— Je me suis fait attaquer dans le hall !
— Attaquer ? Mais quand ?
— À l'instant.
— Je viens de te laisser !
— Tu as démarré dès que j'ai claqué la portière.
— Et tu t'es fait attaquer ?!
— Tu n'as même pas attendu que je passe le porche, tu es parti comme une flèche comme si tu étais pressé de me quitter.
— Mais non !
— Si !
— Excuse-moi. Je n'ai pas fait attention. Marion, tu t'es fait attaquer oui ou non ?
— C'est exactement ce que je te reproche. Tu ne fais pas attention. Tu t'en fous.
— Pas du tout.
— La porte cochère n'est même pas ouverte que tu démarres sans un regard. Je me retourne pour te faire un petit signe et je ne vois que ta nuque déjà à dix mètres !
— Je suis désolé. Tu ne vas pas te mettre à pleurer ?
— Si.
— Où es-tu là ?
— Dans le hall.
— L'agresseur est parti ?
— Trop drôle !
— Marion...

— Tu ne réalises pas comme c'est humiliant ? On se retourne en souriant avec un petit geste mignon et le type est parti sans te regarder, sans vérifier, la moindre des choses en pleine nuit, que tu es rentrée sans encombre !
— Tu as raison. Allez, remonte chez toi maintenant...
— Ne serait-ce que par politesse !
— Bien sûr.
— On dépose le paquet et hop on se tire !
— J'aurais dû attendre c'est vrai.
— Et me faire un signe gentil.
— Oui, te faire un signe gentil, oui.
— Reviens le faire.
— Je suis place du Général-Houvier !
— Reviens, je ne peux pas monter me coucher comme ça.
— Marion, c'est puéril.
— Ça m'est égal.
— Marion, je viens de perdre ma mère...
— Et voilà ! Bravo, je l'attendais ! Qu'est-ce que ça a à voir ?

Les derniers mots de notre mère ont été LCI. Les derniers mots de sa vie. Quand on a repositionné l'abominable lit médicalisé droit devant la télé, mon frère a dit, tu veux regarder la télé maman ? Ma mère a répondu LCI. Le lit venait d'être livré et elle avait été mise dedans. Elle est morte le soir même sans avoir plus rien dit.

Elle ne voulait pas en entendre parler. Elle avait le spectre du lit médicalisé. Tout le monde le lui vantait, soi-disant pour son confort en réalité parce que tous ceux qui se penchaient sur le lit habituel bien trop bas, le grand lit matrimonial où notre père était mort, se brisaient le dos. Elle ne se levait plus. Toutes les fonctions du corps déréglé par le cancer s'effectuaient au lit. Quelqu'un a dû nous convaincre que le lit médicalisé était indispensable. On l'a commandé sans son consentement. Il avait été livré à l'aube par deux types qui ont mis un temps fou à l'installer. La chambre était envahie par un arsenal d'appareillages médico-électroniques, on ne savait pas où se mettre Serge et moi, complètement dépassés. Quand ils l'ont transvasée, elle s'est laissée porter sans résistance. Ils ont fait quelques essais de commande. Elle était là comme hébétée, en hauteur, les bras ballants, subissant les absurdes inclinaisons. Ils ont placé la tête du lit contre un mur de côté où était accroché Vladimir Poutine sous forme de calendrier et caressant un guépard. Elle ne voyait plus la fenêtre, son minuscule et adoré carré de jardin, et regardait devant elle épuisée. Elle semblait perdue dans sa propre chambre. Le calendrier était un cadeau d'une aide-soignante russe. Ma mère avait un faible pour Poutine, elle lui trouvait des yeux tristes. Quand ils sont partis, on a décidé de la remettre dans la position de toujours c'est-à-dire face à la fenêtre et devant la télé. Il fallait déplacer le grand lit. Le matelas d'abord, un matelas des temps anciens

qui s'est avéré d'une lourdeur insensée, mou et comme rempli de sable. On l'a traîné Serge et moi comme on a pu dans le couloir en tombant plusieurs fois. On a laissé le sommier dans la chambre, redressé contre un mur. On a fait rouler le lit médicalisé et maman pour les remettre face à la fenêtre et la télé. Serge a dit, tu veux voir la télé ? On s'est assis de part et d'autre du lit sur les chaises pliantes de cuisine. C'était quatre jours après l'attentat du Marché de l'Avent à Vivange-sur-Sarre, LCI diffusait la cérémonie d'hommage aux victimes. La correspondante n'avait que le mot *recueillement* à la bouche, ce mot dépourvu de substance. La même fille a dit après quelques plans de confiseries et de boîtes peintes, *La vie reprend ses droits même si bien sûr plus rien ne sera comme avant.* Si connasse, a dit Serge, tout sera comme avant. En vingt-quatre heures.
Notre mère n'a plus dit un mot. Jamais. Nana et son mari Ramos sont arrivés dans l'après-midi. Ma sœur s'est écriée, la tête dans l'épaule de son mari, oh c'est horrible ce lit ! Elle est morte le soir même, sans avoir profité des avantages du nouvel équipement. Elle avait supporté beaucoup des vicissitudes de la maladie tant que les choses gardaient leur allure de toujours. Le lit médicalisé lui a cloué le bec. Le lit médicalisé, ce monstre au milieu de sa chambre, l'a propulsée dans la mort.

Depuis qu'elle est morte les choses se sont déréglées.

La baraque de bric et de broc de notre famille, c'est toi mamie qui la tenais, a dit ma nièce Margot au cimetière.

Notre mère avait maintenu la coutume des déjeuners du dimanche. Même après le déménagement dans son rez-de-chaussée en banlieue. Du temps du père et de Paris, c'était les déjeuners du samedi ce qui ne changeait pas grand-chose à l'atmosphère de panique et d'hypertension. Nana et Ramos arrivaient chargés de victuailles extraordinaires, c'est-à-dire du poulet de Levallois, le meilleur poulet du monde (le boucher va le chercher personnellement dans la basse-cour), ou du gigot d'agneau de Levallois, tout aussi incomparable. Le reste, frites, petits pois, glace, venait droit de chez Picard. Mon frère et ma sœur arrivaient avec leur famille, moi toujours seul. Joséphine, la fille de Serge, venait une fois sur deux, toujours excédée dès le pas de la porte. Victor, le fils de Nana et Ramos, étudiait la cuisine à l'école Émile Poillot, le Harvard de la gastronomie selon Ramos (il dit Harward). Nous avions à table un futur grand chef. On lui faisait couper le gigot en applaudissant sa maestria, ma mère s'excusait des mauvais ustensiles et des légumes surgelés (elle avait toujours détesté cuisiner, l'avènement du surgelé avait changé sa vie).

On se mettait à table dans l'urgence, avec le sentiment d'être dans un espace loué, de disposer d'une vingtaine de minutes avant de laisser la place à un mariage japonais. Aucun sujet ne pouvait être développé, aucune histoire n'allait à son terme. Une ambiance sonore extravagante dans laquelle mon beau-frère s'occupait des basses fréquences. Ramos Ochoa est un homme qui met son point d'honneur à ne pas être sous pression et qui vous le fait sentir. Avec une voix sépulcrale et outrageusement pondérée, on l'entendait dire à contretemps : tu peux me passer le vin, s'il te plaît, merci beaucoup Valentina. Valentina est la dernière compagne de Serge. Ramos est né en France mais sa famille est espagnole. Ils sont tous Podemos. Lui et ma sœur se vivent en gueux non sans fierté. À un de ces déjeuners, au moment de la galette des Rois, ma mère a dit, personne ne me demande comment s'est passé mon contrôle de routine ? (Elle avait eu un cancer du sein neuf ans plus tôt.)

Auparavant elle s'était vantée d'avoir obtenu deux couronnes, les boulangers n'en donnant plus qu'une. La galette avait dû être mise au four au début du repas. Hors de question que Valentina, notre perle italienne, croque dans une galette froide ! Nana l'avait posée à moitié calcinée sur la table mais Dieu merci la fève restait invisible. Chaque année on s'engueulait, ma mère trichait pour refiler la fève à un gosse et les gosses s'engueulaient entre eux. Une année où elle n'avait pas eu la fève, Margot, petite sœur de Victor, avait jeté son assiette avec sa part de galette par la fenêtre. Maintenant il n'y avait plus que des ados et des vieux hormis le fils de Valentina âgé de dix ans. Il

s'était glissé sous la nappe, Nana coupait les tranches et l'enfant Marzio attribuait les assiettes.
— Comment s'est passé ton contrôle de routine ?
— Eh bien j'ai une tache au foie.

Assis au bord du lit matrimonial dans la chambre sombre quelques mois plus tard, Serge avait dit, tu veux être enterrée où maman ?
— Nulle part. Je m'en fiche pas mal.
— Tu veux être avec papa ?
— Ah non pas avec les juifs !
— Tu veux être où ?
— Pas à Bagneux.
— Tu veux être incinérée ?
— Incinérée. Et on n'en parle plus.
On l'a incinérée et on l'a mise à Bagneux dans le caveau des Popper. Où d'autre ? Elle n'aimait ni la mer ni la campagne. Aucun endroit où sa poussière aurait fait corps avec la terre.

Au funérarium du Père-Lachaise, nous étions une dizaine pas plus. Les trois enfants et petits-enfants. Zita Feifer, son amie d'enfance, ainsi que madame Antoninos la coiffeuse qui était venue jusqu'aux derniers jours teindre les quelques touffes crâniennes et traquer à la pince les poils drus qui lui poussaient sur le menton. Il y avait aussi Carole la première femme de Serge, mère de Joséphine. Zita sortait de deux cols du fémur. Un employé des pompes funèbres l'a entraînée vers l'ascenseur d'où on l'a aperçue avec ses cannes, hébétée, disparaître vers l'étage des morts.

Au sous-sol, on l'a introduite dans une pièce vide où patientait au centre sur deux tréteaux le cercueil de son amie. À peine s'est-elle assise que s'est déclenchée à fort volume et sans raison intelligible la Danse hongroise n° 5 de Brahms. Au bout de dix minutes de solitude et de musique tzigane Zita s'est traînée jusqu'à la porte en appelant au secours. Pendant ce temps j'avais rejoint dehors Serge qui fumait devant l'Audi avec laquelle il était arrivé.

— À qui elle est ?
— À moi.
— Tu rigoles.
— À un copain de Chicheportiche qui est concessionnaire. Tu crois que c'est une voiture de série mais c'est une bagnole de course. Moins chère que la Porsche avec les mêmes performances...
— Ah bon.
— Chicheportiche lui amène des clients et il lui prête une bagnole de temps en temps. C'est un V8, la motorisation des Mustang et des Ferrari. En fait c'est comme si tu avais le meilleur d'une 911 et d'une Panamera. On va racheter son garage pour faire un immeuble de bureaux.
— Je croyais que tu ne ferais plus d'affaires avec Chicheportiche.
— Oui, mais il est pote avec le maire de Montrouge.
— Ah bon.

— Regarde ce que j'ai retrouvé.
Il a sorti d'une poche une feuille pliée en quatre et me l'a tendue. Une lettre écrite d'une plume fine et bleue, bien appliquée, une écriture plus que connue « *Mon Pitounet, j'espère que vous êtes bien arrivés et que vous n'avez pas eu trop chaud. Au fond de la valise tu trouveras une petite surprise à partager avec Jean. Je compte sur vous, et surtout sur toi pour ne pas manger tout le paquet dès le premier jour ! Tu trouveras aussi un Club des Cinq et les* Contes de la brousse et de la forêt. *Il paraît que* Le Club des Cinq et le château de Mauclerc *est très bien. C'est le vendeur qui me l'a dit. N'oubliez pas de mettre du Pipiol si vous avez des piqûres avant de dormir et rappelle à ton frère de bien ranger ses lunettes dans leur étui quand il les enlève. Tu sais que c'est une tête de linotte. Amuse-toi bien mon Pitounet. Maman qui t'aime* »
J'ai dit, le Pipiol existe toujours. Il est en spray maintenant.
— Ah oui ?
Il a remis la lettre dans sa poche et fait défiler des photos sur son portable. Il s'est arrêté sur une photo de maman prenant la pose de reine moins d'un an avant avec sa couronne en carton.
— *The last galette...*
— Allez viens, ils nous attendent.

Dans la salle minuscule et étroite au sous-sol du funérarium, Margot, avec le sérieux sans appel de la jeunesse, a lu un texte de son cru. « Mamie toi qui n'avais jamais fait de sport de toute ta vie, tu as eu droit à un vélo d'appartement parce que le cancérologue avait prescrit un peu d'exercice. Tu acceptais de faire des petits tours de roue dans ta chemise de nuit et ton gilet molletonné à condition que le niveau de résistance soit au degré un (il y en avait huit). Tu prenais la position de cycliste comme tu l'avais vu prendre à la télé par les types du Tour, dos courbé vers le guidon, pendant que tes pieds cherchaient les pédales dans le vide. Une fois, alors que tu pédalais ultra négligemment en fixant ton chéri Vladimir Poutine, j'avais poussé la résistance au niveau deux. Bravo mamie ! Je suis très contente ! Tu avais dit, tu es la seule... Tu n'avais jamais voulu avoir des muscles ou ce genre de choses et tu ne voyais pas pourquoi il en fallait au stade terminal. Je ne sais pas si là où tu es maintenant – où es-tu ? – tu trouverais judicieux que je parle du vélo d'appartement. Je raconte ça pour être un peu drôle mais surtout pour rappeler combien tu étais brave et docile. Et fataliste. Tu acceptais ton sort. Tes fils passaient leur temps à te houspiller, même quand tu étais malade, à te reprocher tes manies, ton tracassin, tes goûts, ton étourderie, les cadeaux que tu nous faisais, les bonbons, tu te laissais gronder en prenant une tête chagrinée, mais c'est toi qui tenais la baraque mamie. La baraque de bric et de broc de notre famille c'est toi qui la tenais. Dans ton petit jardin

d'Asnières, tu as planté un pin d'Autriche. Un pied de quinze centimètres parce que c'était moins cher. Maman se croit immortelle avait dit oncle Jean, elle pense que quand elle aura trois cent soixante-deux ans, elle se promènera autour avec l'arrière-petite-fille de Margot. Je ne sais pas ce que tes enfants vont faire de ton appartement mamie, mais moi j'irai replanter ton pin dans un endroit où tu pourras toujours te balader avec nous, même si personne ne s'en rend compte. »
Qui avait eu l'idée de cette danse hongroise ? Margot était à peine retournée s'asseoir à côté de sa mère en larmes et qui lui étreignait le bras farouchement, qu'un violon échevelé venait fouetter notre petit groupe. Qui avait choisi ce morceau ? Notre mère aimait Brahms mais le Brahms romantique des lieder. Derrière moi Zita Feifer s'est écriée, encore ça ! Et puis le cercueil a contourné l'estrade sur sa table à roulettes, Marta Popper est partie par une petite porte à gauche pour n'être plus rien.

En sortant du Père-Lachaise nous avons mis Zita dans un taxi et nous nous sommes installés dehors à la terrasse d'un café du coin. Joséphine est partie directement aux toilettes. Il faisait beau comme quelquefois en décembre. En revenant elle est restée plantée debout en faisant la gueule parce qu'il n'y avait plus de place au soleil. Joséphine est

maquilleuse et se sur-maquille. Quand elle fait la gueule, sa bouche devient un piment amer.
Nana a voulu se lever pour lui donner sa chaise, empêchée par Carole.
— Ça ne me dérange pas, a dit Nana.
— Ce n'est pas à toi de te mettre à l'ombre !
La coiffeuse a dit, prenez ma place Joséphine, je n'aime pas le soleil.
— Restez assise madame Antoninos ! a ordonné Carole.
— Mais je n'ai rien demandé ! Vous pouvez faire autre chose que vous intéresser à moi dans cette famille ?
— Tu nous stresses Joséphine.
— On gèle, pourquoi on s'est mis dehors ? Je ne comprends pas pourquoi mamie s'est fait incinérer. Ça me paraît dingue qu'une juive se fasse incinérer.
— Elle le voulait.
— L'idée d'être cramée avec ce que sa famille a vécu, c'est dingue.
— Arrête de faire chier, a dit Victor.
Elle restait debout à tortiller les mèches de sa tignasse frisée.
— Cette année j'ai décidé d'aller à Osvitz.
— Ils ont fermé malheureusement.
— AOCHWITZ ! s'est écrié Serge. Osvitz !! Comme les goys !... Apprends déjà à le prononcer ! Auschwitz ! Auschhhhhwitz ! Chhhh... !
— Papa... !
— Tout le monde t'entend, a murmuré Nana.

— Je ne peux pas laisser ma fille dire Osvitz ! Où elle a appris ça ?
— Ne me regarde pas ! a dit Carole.
— Ça y est ! Elle se drape !
— Jo, sois plus intelligente que lui, a tenté Nana tandis que Joséphine se frayait un chemin vers le trottoir.
— L'échec d'une éducation !... Où elle va ? Joséphine où vas-tu ?!... Je viens de lui payer à prix d'or une formation sourcils, vous voyez où on en est, maintenant elle veut aller à Auschwitz, qu'est-ce qu'elle a cette fille ?
Quand Joséphine a disparu derrière un immeuble de la place Magenta, Carole s'est levée pour courir à sa suite.
— Tu ne peux pas lui foutre la paix une fois dans ta vie ?
— Mais c'est elle ! Tout le temps à râler, à râler.
Ramos a dit de sa voix caverneuse, elle pollue un max non ?
— De quoi tu parles ?
— L'Audi.
— Un max, oui.

Ce matin, en traversant la rue Pierre-Lerasé, j'avise un petit véhicule vert de la voirie de Paris, plus exactement l'estafette étroite chargée du balayage et de l'arrosage des trottoirs. Au volant, mon beau-frère ! Je m'approche. Dans ce mouvement court et interrogatif, une pensée illumine mon cerveau :

mon beau-frère Ramos Ochoa, non content de percevoir, à bas bruit, l'allocation chômage générée par son astucieux maniement d'emplois à durée déterminée, sans compter ses nombreux dépannages informatiques au black, s'était trouvé en complément un job dominical discret, joyeux et ne nécessitant qu'un permis de conduire. Dans l'insondable temps libre qu'il eut toujours quelles que fussent ses activités, il s'était – le génie – faufilé dans une filière inédite et secrète pour arrondir sa future retraite ! Ramos conduisait son véhicule avec une méticulosité molle et son infatuation dans la cabine de l'estafette renvoyait à son habituelle posture de surplomb dans les affaires domestiques. De près bien sûr ce n'était pas Ramos Ochoa. Mais l'image m'a paru si convaincante qu'elle complète désormais ma perception de ce garçon.
Ramos Ochoa a beau n'être qu'un personnage secondaire de ce récit, j'ai plaisir à parler de lui. Et qui sait si à l'instar de nombreux personnages secondaires il n'en deviendra pas une figure saillante étant donné ma coupable propension à l'accabler ?
Il semblait gentil et méritant au début. Technicien réseau dans l'informatique, employé par Unilever (avant de s'en faire virer), fils d'une employée de maison et d'un ouvrier du bâtiment ; que pouvions-nous dire ? Notre père qui ne s'embarrassait d'aucun discours progressiste était ouvertement contre cette alliance. Qu'Anne Popper, son joyau,

s'unisse à un Ibère venu d'on ne sait quelle bourgade de Cantabrie le rongeait. Il considérait sa fille comme *une poule de luxe* – dans sa bouche se mêlaient critique et fierté – et ne voyait pas du tout comment un Ramos Ochoa, qui en d'autres temps aurait mâché un oignon pieds nus sous un soleil brûlant, pouvait se montrer à la hauteur. Évidemment nous lui donnions tort. La mode était au bonheur et non pas aux vieilles valeurs patriarcales. Le bonheur semblait alors non seulement à portée d'envie mais l'alpha et l'oméga de toute philosophie. Il est possible que mon père en soit mort. Un an après l'apparition de Ramos Ochoa tenant timidement la main de Nana dans l'entrée de la rue Pagnol, mon père était emporté par un cancer du côlon.

Aujourd'hui il m'arrive de penser que nous avons peut-être Serge et moi, par nos supplices et subtiles tortures, jeté Nana dans les bras tièdes d'un Ramos Ochoa. Les choses de l'enfance s'inscrivent Dieu seul sait où. Quand j'apprends une catastrophe à la radio et entends que les victimes ont dans les soixante ans, je me dis bon, c'est triste, mais ils ont vécu leur vie ces gens. Et puis je pense, c'est ton âge mon vieux, à peu de chose près vos âges à toi, Serge, Nana. Ne le sais-tu pas ? Chez ma mère, sur sa table de chevet, il y avait une photo de nous trois rigolant enchevêtrés l'un sur l'autre dans une brouette. C'est comme si on nous avait poussés dedans à une vitesse vertigineuse et qu'on nous avait versés dans le temps.

Je ne sais pas ce qui a permis à notre fratrie de conserver cette connivence primitive, nous n'étions ni ressemblants ni tellement liés. Les fratries s'effilochent, se dispersent, ne sont plus unies que par un fin ruban sentimental ou conformiste. Je vois bien que Serge et Nana appartiennent depuis longtemps à l'humanité mature comme je suis censé y appartenir moi-même, mais cette perception est superficielle. Au fond de moi je suis toujours le garçon du milieu, Nana est toujours La Fille des parents, la chouchoute maniérée, mais aussi le second dans nos jeux de guerre, l'esclave, le prisonnier japonais, le traître qu'on poignarde – dans notre chambre, elle n'était jamais fille mais caporal ou martyr –, mon frère est toujours l'Aîné, meneur d'hommes avec jugulaire du casque pendante et sourire conjurateur de la mort, il est le risque-tout, le Dana Andrews, je suis le suiveur, le sans-personnalité, le qui dit rouge quand l'Aîné dit rouge. On n'avait pas de télé chez nous, mais le cousin Maurice l'avait. On disait cousin Maurice mais en réalité il était un cousin éloigné de mon père par une branche russe. Le seul membre de la famille en dehors de nos parents qu'on aura vraiment connu. Serge et moi allions chez lui le dimanche, rue Raffet, nous gaver de films américains. On s'allongeait devant l'écran avec un Coca et une paille et on regardait *Les maraudeurs attaquent* ou *Les Briseurs de barrages* que j'avais adoré, ou bien des westerns. Pour moi l'Indien a longtemps été un type qui ne pensait qu'à faire le mal et scalper des femmes. J'ai dû attendre Alan Ladd et Richard Widmark pour estimer les Peaux-Rouges. Plus tard, Maurice nous a emmenés sur les Champs-Élysées. Il avait un manteau en poil de chameau, une toque d'astrakan et une carrure d'enfer. Notre plus grand souvenir c'est *Les Vikings* de Richard Fleischer au Normandie, un film terrifiant avec Kirk Douglas (juif russe ! criait Maurice en le montrant du doigt quand Kirk apparaissait) et Tony Curtis jeune. Aujourd'hui il serait interdit aux moins de douze ans. À l'époque, on n'était pas encore repus d'images, on sortait d'un film comme un type qui a exploré une région nouvelle et immense. La texture de notre fraternité, c'est ça. C'est la jungle avec les rideaux, les débarquements, les parachutages, les sacrifices et Nana bâillonnée, c'est l'enfer birman, c'est, avant que la tentation érotique n'en vienne troubler la pureté, toutes nos heures de gloire et de souffrance, c'est ça la pelote dans la brouette.

Luc pose des questions sur Dieu. Il ne dit pas Dieu, il dit le Dieu. Le Dieu, pourquoi il ne veut pas qu'on dise des mensonges ? (J'ai essayé de répondre et je me suis emberlificoté.) On regarde

des cartes ensemble. Il est fou de cartes géographiques. Cartes en relief, cartes routières, même cartes d'état-major. Il aime les fleuves, je lui explique les chemins de l'eau. Je lui explique que la Souloise se jette dans le Drac qui se jette lui-même dans l'Isère.
— Et l'Isère, elle se jette où ?
— Dans le Rhône.
— Et le Rhône ?
— Dans la mer.
Je ne sais pas comment il visualise toutes ces eaux qui se jettent. Il sait que j'étudie les câbles qui transportent l'électricité. Il veut savoir où je trouve l'électricité. Je fais des croquis avec le feu, le vent, l'eau. Je lui montre comment on transforme les énergies primaires en énergies secondaires, je lui dessine les turbines, le rotor, le stator, et comment tout ça crée un champ magnétique qui produit un courant électrique. Il répète pendant des heures rotor / stator / rotor / stator / rotor / stator, dandinant sa tête et moulinant ses bras.
Un jour on est tombé sur une plaque devant une bouche d'égout. *Ici commence la mer.* J'ai dit, oui, c'est pour empêcher les gens de bazarder leurs mégots et autres cochonneries.
— Mais la mer commence vraiment là ?
— Ben oui.
Je lui achète des Brio et des Kapla. Il fait des villes avec des échangeurs, des ponts, des réservoirs de stockage, des forêts, des phares. Il met des pylônes

avec des fils entrelacés qui partent disparaître sous terre parce que je lui ai décrit l'électricité en ville sous forme de toile d'araignée. Pendant qu'il dispose les choses, il fabrique des bruits, des petites musiques. Il a un coin à lui chez moi et je ne détruis jamais ce qu'il fait. De temps en temps, quand il n'est pas là, j'analyse la maquette et je me dis, tiens, ce serait bien de mettre une barrière là. Je prends un ou deux kaplas qui traînent et je fais une barrière. Il revient, quelquefois un mois après, il fronce les sourcils et va immédiatement enlever ce que j'ai placé. Je me suis mis dans la tête de le présenter à Marzio, le fils de Valentina. Le moment n'est pas très bien choisi car Valentina a viré Serge de chez elle et ne lui parle plus. J'ai peur dans le contexte de faire une fausse manœuvre. Luc aime tous les jeux où nous sommes face à face. Les échecs entre autres. Mais la règle du jeu ne l'intéresse pas. Il est content de sortir le damier, de s'installer face à moi bien calé sur la chaise et ranger les pièces. Je lui ai expliqué comment avancent les figures et il aime jouer à jouer. Il ne pourrait pas faire ça avec quelqu'un de son âge comme Marzio. Marzio est compétitif. Il veut être grand et se mesurer. Être copain avec un garçon de ce genre je pense que ça aiderait Luc. Je l'ai vu dans des squares avoir des tristesses. Il allait vers des enfants mais les autres ne le regardaient pas, comme s'il était invisible. Il est trop timide. En CP il a eu une maîtresse qu'il a prise dans ses bras.

Sans aucune raison. La femme avait raconté ça à Marion et s'était mise à pleurer envahie par l'émotion. Elle avait dit, il a quelques problèmes d'orthophonie et il est dans la lune. Elle n'a jamais qualifié ses difficultés ou son retard autrement que *il est dans la lune*.

Avant quand tu ne savais pas ce qu'un mec faisait, tu disais *import/export*, aujourd'hui tu dis *conseil*. Si on demande à Serge ce qu'il fait, il va dire consultant. Serge a toujours été le roi des entreprises nébuleuses. Quand je faisais mes études à Supélec, il avait pour projet d'être leader dans le tartinable avec un ancien de Ferrero qu'il avait convaincu de créer sa propre boîte. Le pauvre type y avait englouti toutes ses indemnités de licenciement. Dans le même temps il mariait des cafetiers et des brasseurs. Il prenait une com sur des *contrats d'enchaînement*. C'était son premier job un peu lucratif, plus ou moins dans les clous. Enfants, on partageait la même chambre. À quatorze ans il était déjà un homme, enfin il se prenait pour un homme. Sa voix était stabilisée dans les graves, il avait de la barbe et un potentiel sexuel affiché. Ajoutons un frère de deux ans de moins, moi, qui gobait à peu près toutes ses crâneries. Serge se vantait d'être un tombeur. En réalité, il était petit, pataud et souffrait d'acné. Longtemps, il n'a plu à personne. Les filles riaient derrière son dos. Je les ai vues de mes yeux dans les couloirs du lycée. Après les guerres et les aspirations héroïques, Serge s'est

cru un avenir dans la musique. Il s'est mis à la guitare et chantait dans une langue que personne ne pouvait comprendre. Il passait par toutes sortes de looks. On ne disait pas look à l'époque, je ne sais pas ce qu'on disait. Aucun ne lui allait. Je me souviens surtout du look Bowie, un look absurde étant donné le gap morphologique. Tu te maquilles ! s'était consterné mon père.
— Toutes les rock stars se maquillent.
— Pas Jean Ferrat !
Les cheveux étaient un problème. Frisés et peu fournis, ils répondaient mal aux prescriptions de l'époque. Après quelques tentatives hendrixiennes, Serge s'était tourné vers le long. Ses cheveux formaient deux ailettes au sommet du crâne et s'élargissaient en un tipi mousseux sur les épaules. De temps en temps il mettait des bigoudis pour les onduler. Il les laquait en ironisant, toujours un petit air bravache, mais je savais qu'il manquait de sûreté. Il arrivait qu'une fille, pas la mieux, vienne écouter des disques à la maison. Serge se vivait en spécialiste du rock anglais, le sol de notre chambre était jonché de pochettes des Clash, des Who, Dr Feelgood et ainsi de suite... Serge servait de rabatteur à un marchand de disques de l'autre côté du boulevard, en échange le type lui offrait des nouveautés. Il lui arrivait aussi d'y aller avec son copain Jacky Alcan vêtu de la veste de chasse de son père. La veste avait une grande poche dorsale ouverte sur les côtés dans laquelle Serge fourrait

discrètement des 33-tours. On m'emmenait faire le guet. Un jour notre père est entré dans la chambre. Il s'est assis sur un lit, courbé en silence les mains jointes entre les jambes. Puis il a dit, d'où ça vient ? Toute cette marchandise, d'où ça vient ?

— J'ai un arrangement avec le disquaire. Je lui amène la moitié du lycée.

— Il est où ce disquaire ?

— Rue Bredaine. À deux stations.

— Il est généreux dis-moi. Tu vas pouvoir ouvrir ton magasin toi aussi.

— Ha ha ha.

— Pourquoi tu ne ris pas Jean ?

— Si, je ris, j'ai dit.

Il s'est saisi de la pochette de *Deep Purple in Rock* qui traînait et a observé d'un œil vide les membres du groupe taillés dans le mont Rushmore avec leur chevelure à la Louis XIV.

— L'odeur de fumée dans les cabinets, on ne sait pas qui c'est j'imagine ?

— Ben non.

La baffe est partie aussitôt. Une baffe avec la bonne amplitude comme il savait le faire et je dois dire uniquement sur Serge, jamais sur Nana ni moi. Notre père, Edgar Popper, une petite boule chauve, volontiers en costume bleu pétrole, avait fumé des Gauloises et des Mehari's Ecuador pendant des années jusqu'à ce qu'une broncho-pneumonie l'oblige à s'arrêter. De ses faiblesses passées et surtout de ses renoncements il ne tirait aucune forme d'indulgence. Il était ce qu'il était dans le présent, son cerveau oublieux l'autorisant à renouveler à l'infini ses principes et dispositions psychiques. Serge avait l'habitude de ces violents coups de sang. Il ne mouftait pas mais ses yeux rougissaient et je voyais qu'il contenait ses larmes. Je voyais aussi sa joue se boursoufler et devenir écarlate. Si je cherchais à le consoler d'une façon ou d'une autre, il me rembarrait.

— S'il croit que je me contente de fumer ce con !

De l'autre côté, le père avait du mal à se remettre de ses propres accès. Quand il frappait trop fort ou trop mal à propos, il n'était pas rare qu'il aille s'allonger ensuite en état d'hypo-malaise cardiaque. Notre mère surgissait alors pour sermonner Serge, tu as vu dans quel état tu as mis papa ? Va faire la paix. De temps en temps, il y allait. De moins en moins avec l'âge. C'était injuste. Notre mère le savait mais elle optait pour la froideur. C'était une mère insaisissable, capable de cajolerie et de dureté, de surprotection étouffante et d'abandon. Elle jouait à la poupée avec Nana, l'habillait de vêtements guindés qu'il ne fallait ni salir ni froisser, la couvrait frénétiquement de baisers et cherchait à s'en débarrasser au plus vite quand l'enfant geignait. J'avais le sentiment que nous étions une entrave mais je ne sais pas à quoi. Le père recevait Serge gisant et oppressé. La mère guettait dans le couloir le bon déroulement du cessez-le-feu. Serge se tenait debout en silence cherchant un point sur le couvre-lit matelassé pour stabiliser son regard. Ils demeuraient tous les deux ainsi jusqu'à ce que le père soulève une main magnanime que Serge prenait mollement. Et puis le père l'attirait abruptement à lui et ils s'embrassaient. Aucun mot échangé. Tous deux ressortaient de ces rosseries suivies d'accolade avec amertume. Il fallait un certain temps pour que la gaieté revienne.

Je dois ajouter que l'idée de mon père au sujet du magasin n'était pas si farfelue. Avec ce même Jacky Alcan de la veste de chasse, Serge a ouvert quelques années plus tard passage Brady une échoppe rock où ils vendaient livres, fanzines, disques, affiches et gadgets de concert. Le Metal existe toujours, plus grand et mis en gérance boulevard Magenta.

Mon père était représentant chez Motul. Au début des années soixante-dix, Motul avait sorti la Century 300V – *tchenteury* –, un lubrifiant supersonique pour la compétition automobile, cent pour cent de synthèse. Parlant de sa boîte et de lui-même le mot *pionnier* lui venait vite en bouche. Tous les ans il allait au Mans en persona grata. En 1972, il y avait serré en souriant la main de Pompidou, ce salaud d'antisémite, disait-il jusqu'au serrage de main, qui avait gracié l'infâme Touvier et vendu en douce cent mirages à Kadhafi pendant qu'il garrottait Israël ! La photo encadrée de cette rencontre sur le circuit était bien visible dans le salon, sur le linteau de la fausse cheminée. Pompidou et lui avaient la même taille et une certaine

parenté physique. Le mot antisémite avait été remplacé par pragmatique, c'est un pragmatique, disait mon père en soupirant, il ne veut pas se fâcher avec les Arabes, ils ont le pétrole qu'est-ce qu'on y peut !
Les torgnoles fondaient sans sommation. Le grand chic de la violence paternelle résidait dans la disproportion et l'inopiné. Quand Serge est entré dans l'adolescence il s'est lui-même mis à avoir des accès de fureur aussi imprévisibles que les coups qu'il recevait. Il était à fleur de peau, d'une susceptibilité totale. La moindre remarque l'irritait. Il pouvait aussi s'emporter sur des questions d'ordre général, politique ou autre, bien que le tracé de ses convictions eût été impossible à suivre. Il quittait la table d'un bond et sortait de la pièce en trombe en manquant démolir la porte. On avait deux forcenés à la maison. Mon père était irrité en permanence. Quand on lui parlait de sa nervosité, maman et Nana tentaient le coup à froid – oh à froid ! –, il disait, je ne suis pas nerveux j'ai des responsabilités, personne ne sait ce que c'est ici, personne n'a idée de ce que je porte sur les épaules, pour votre bien messieurs dames, pour le confort de ma famille ! Et je récolte quoi ? Des critiques, des critiques. Je suis nerveux ? Merci beaucoup. Je suis nerveux oui, parce que vous me rendez nerveux. La pelade, elle vient d'où ? Le psoriasis, il vient d'où ? À votre avis ? À propos de son psoriasis, un médecin lui avait dit un jour, ah oui, vous

avez un psoriasis, vous avez été confronté à la mort récemment vous.

Je n'intéressais pas mon père. J'étais le bon garçon sans histoire, qui travaillait correctement, *faisait tout comme son frère* et n'avait *aucune personnalité.* Au contraire de Serge qui le rendait fou par ses opinions de blanc-bec, ses allures, sa fourberie, sa morgue et que lui en retour rendait fou à force de brutalité et de raisonnements soi-disant édifiants, mais qui le surprenait, et peut-être même l'impressionnait. On pouvait jouir d'un calme relatif à la maison quand Serge n'y était pas – vers quinze ou seize ans Serge commençait à faire ses affaires (combines et trafics auxquels on ne comprenait rien) et à être de moins en moins là – mais nous n'étions pas constitués pour la tranquillité. Un vague ennui planait, on se disputait pour des bêtises, le temps s'écoulait répétitif et fade. Dans un livre russe j'ai lu cette phrase récemment, *Après le service militaire j'ai ressenti à quel point la vie civile était fade.* La seule chose en mesure de remettre un peu d'ambiance, à coup sûr, était une conversation sur Israël. Avec Israël, on tombait aussitôt dans l'enflure et le pathos. Nos parents ont disparu sans avoir livré autre chose que des fragments, des résidus de biographies peut-être affabulés et on ne peut pas dire que nous nous soyons intéressés à leur saga. Qui veut s'embarrasser de religion et de morts ? On ne dit pas assez la légèreté que procure l'absence de patrimoine. Mais nous avions Israël ! Le père avait un mot pour combler le grand silence historique et se montrer intraitable. Notre ancêtre avait lutté avec Dieu sur cette terre, nous n'étions pas de pauvres gens flottant sans point de ralliement. Nous avions Israël. Avec Israël, les Popper avaient de quoi alimenter leur dinguerie. Il suffisait du mot pour rassembler les ingrédients d'une bonne petite crise que Serge y mette son grain de sel ou pas. Notre mère n'avait pas de sympathie pour Israël. Marta Heltaï (son père était né Frankel mais la génération précédente avait « magyarisé » le patronyme) venait d'une famille enrichie dans l'industrie de la laine. Ses parents avaient estompé toute appartenance à la judéité, des apôtres de l'assimilation. Elle et son frère avaient fait leurs études secondaires dans une école luthérienne. Tous les quatre avaient quitté la Hongrie après la guerre pour échapper aux Soviétiques, mystérieusement épargnés par la déportation quand d'autres membres de la famille proche (dont frères et parents) avaient semble-t-il disparu dans les convois du printemps quarante-quatre. Une version toujours soutenue à mots couverts par Zita Feifer et confirmée par des archives. Mais ma mère n'en parlait jamais. L'ADN de la non-appartenance au monde juif s'était étendu au monde des persécutés. Elle avait ce tropisme si peu contemporain de n'être pour rien au monde *victime*. Aussi n'aimait-elle pas cet État dont l'essence selon ses vues était d'exposer une cicatrice indélébile à la face du monde. Mon père n'était pas du tout sur cette longueur d'onde. Les Popper étaient des juifs viennois de classe moyenne qui avaient un demi-pied dans les milieux avant-gardistes, et un autre (également demi) dans la synagogue. Le grand-père, un ingénieur en mécanique, avait réussi à faire sortir du pays sa femme et son fils après l'Anschluss. Lui-même ainsi que sa mère et sa sœur étaient morts à Theresienstadt. Pour mon père, Israël au nom béni était le lieu de la réparation et du génie juif. D'Israël on pouvait tout espérer y compris le miraculeux. Que de fois mentionnés David et Goliath, le petit pays seul contre deux cents millions d'Arabes, *ils couraient tellement qu'ils laissaient leurs chaussures,* riait-il après la guerre des Six-Jours. Tant de fois vanté le jardin d'Éden, le verger florissant là où il n'y avait que bédouins et crottes de chameaux. Quand on mangeait des oranges à la maison il demandait régulièrement si elles venaient de Jaffa. Qui ne vénérait Israël – la seule, la seule démocratie de la région ! – était antisémite. Point final. Il disait, n'écoutez pas votre mère, c'est une antisémite.

— Elle est juive, osait-on remarquer.
— Ce sont les pires ! Les pires antisémites sont les juifs. Il faut que vous appreniez ça.
Et pour marquer le coup, et salir en passant la mémoire de la famille maternelle, il ajoutait, sachez qu'il n'y a pas plus honteux qu'un juif honteux !

— Qu'est-ce qu'on a besoin d'Israël ? disait maman, regarde tous les problèmes que ça crée.
— Les juifs ont besoin d'Israël.
— On a besoin d'être juif ? On n'est pas religieux.
— Elle ne comprend rien.
— Les enfants ne se sentent pas juifs. Vous vous sentez juifs les enfants ?
— À qui la faute ? Remue le couteau dans la plaie ! À qui la faute si les enfants ne se sentent pas juifs ? Ma faute ? Oui, la mienne car je t'ai écoutée ! Ils n'ont reçu aucune éducation, ils ne savent rien, mes fils n'ont même pas fait leur bar-mitzvah ! Je m'en veux, je m'en veux terriblement de ne pas m'être montré plus ferme.
— Ils ont fait une colonie de vacances juive.
— Des communistes !
— Pour transmettre il faut donner l'exemple Edgar.
— Et qui donne l'exemple ? Qui est le pilier de la maison dans une famille juive Marta ? La femme ! C'est la femme qui allume les bougies !
— Les bougies !...
Quand on en arrivait aux bougies, ma mère partait en riant. Lui répétait entre ses dents et les lèvres plissées d'amertume, elle ne comprend rien, cette femme ne comprend rien. Une fois que Serge avait ri aussi il s'était pris une beigne immédiate. C'est une femme superficielle, disait le père, un oiseau sur une branche. Est-ce que sa mère à lui avait

allumé des bougies ? Qui le sait ? Elle s'était remariée avec un marchand de chaussures niçois. Nous l'avions peu connue.
À l'inverse, le communisme, leur bête noire commune, les rapprochait. Sur le communisme, mon père était d'une tout autre humeur et ma mère adorait ses boutades. Un jour qu'on apercevait Andreï Gromyko aux infos, mon père avait dit, regarde comme il rit. C'est ce qu'on leur apprend à Moscou. Riez ! Riez ! Et tu sais Marta que c'est un rire très difficile à faire, c'est un rire marxiste ! Ha ha ha.
Dans le but de nous rapprocher de son cher Israël, mon père nous y avait envoyés un été, Serge et moi, sous l'aile protectrice de Maurice qui avait fait ses études à Jérusalem vers la fin des années trente. L'idée du kibboutz, plusieurs fois évoquée, avait toujours fait chou blanc. Serge avait dix-sept ans, moi quatorze. Pour Maurice, Israël c'était le Sheraton et la plage de Tel-Aviv. Il n'avait aucune envie de s'embarrasser de deux morveux pour un séjour pédagogique. Aussi avait-il orchestré la semaine avec un tour-opérateur pour nous expédier chaque jour aux quatre coins du pays. Le lendemain de notre arrivée, nous montions à l'aube dans le car pour Jérusalem. Moyenne d'âge, cent ans. Arrivés sur les hauteurs de la cité qu'on voyait encore – bouleversante apparition – se dévoiler en contrebas, avant que la laideur périphérique l'emporte, que les collines soient entièrement bétonnées, et que la

ville à l'instar de tant d'autres ne se cerne plus dans le paysage, nous avons eu droit, sortant de haut-parleurs grésillant à l'avant, à la chanson *Yerushalayim shel zahav*, entonnée aussitôt par une partie du groupe. Une fois dehors, nous nous sommes enfoncés à la queue leu leu dans les ruelles, pilotés par une femme en nage qui agitait un fanion jaune. Serge a dit, c'est la mort ça. Il m'a tiré par le bras à un croisement et nous sommes partis dans une autre direction. Le soir même, nous annoncions à Maurice notre décision de quitter le groupe et le voyage organisé. Il s'est mis dans une rage immédiate, criant dans le hall de l'hôtel, vous ne pouvez pas faire ça espèces de petits cons ! J'ai tout payé d'avance !
— Ils vont nous rembourser, a dit Serge.
— Penses-tu ! Imbécile ! Les juifs ne remboursent pas !
De la suite du séjour initiatique, je me souviens d'une voiture rouge et d'un certain Dove qui nous avait emmenés à Acre, je me souviens d'avoir balancé mon assiette d'houmous au goût de terre dans un bocal de poissons rouges quand il avait le dos tourné, c'est à peu près tout.

Maurice a eu quatre-vingt-dix-neuf ans. Le voilà désormais cloué au lit, prisonnier de la rue Raffet. C'est l'appartement le plus sombre de la terre, un sombre accentué par l'épaisseur des rideaux et la lourdeur des copies de meubles et tableaux anciens.

Chez Maurice rien n'a bougé depuis des années. Non content d'avoir un cancer de la vessie, il s'est brisé tous les os en dégringolant il y a quelques mois dans l'escalier d'un restaurant russe. Lui aussi gît dans un lit médicalisé duquel pend sur le côté la poche reliée à la sonde urinaire. Son lit est quand même plus bas et plus cosy que celui de notre mère. L'équipement s'est pour ainsi dire fondu dans la chambre. Quand je viens le voir, des ombres gloussantes et furtives quittent la pièce ; ce sont les femmes de sa vie, femmes officielles (il y en a eu trois, mais la première qui est américaine est retournée dans son pays), maîtresses, secrétaires ou pédicures qui se relaient pour distraire leur chouchou. Les femmes sont braves. Non, dit Maurice, les femmes sont des infirmières dans l'âme, elles aiment border et étendre le linceul. Toutes l'ennuient sauf l'infirmière du soir qui rigole à ses plaisanteries graveleuses. Il ne fait plus rien. Quelques mots fléchés, un peu de *Figaro*, un peu de radio, un peu de musique, pas de télé. Il s'emmerde. Il ne comprend plus sa vie de vieillard. Pendant les premiers mois d'immobilisation, il était possédé par l'idée d'en finir. Il faisait état de son délabrement, de ses couches, de sa sonde vésicale. Il me suppliait de lui fournir un breuvage létal. Il utilisait son portable avec les lettres ultra-grossissantes et me laissait plusieurs fois par semaine des messages en ce sens. J'y ai réfléchi, j'ai passé des coups de fil qui n'ont rien donné hormis la solution belge. Mais pour une solution officielle il aurait fallu l'accord de son fils qui vit à Boston et Maurice refusait catégoriquement qu'il soit mis au courant. Maurice a toujours eu des problèmes avec ce fils. Je me souviens de lui ado, un modèle bougon et mal dans sa peau qui nous regardait de haut. Lors de son mariage à Tel-Aviv avec une Sabra plutôt pas mal, les deux pères, à cran, s'étaient retirés dans une arrière-salle pour négocier les frais de la réception. Maurice avait dit, on est là pour se faire plumer et votre fille n'épouse mon fils que pour mon fric. Pour quelle autre raison l'épouserait-elle, avait répondu le père, avec la tête qu'il a ? Le mariage avait tenu à peine quelques mois et le divorce avait coûté une fortune à Maurice. Depuis le fils s'est installé dans le Massachusetts et prétend quand même régenter l'existence de son père à cinq mille kilomètres. Je trouve Maurice plus serein ces derniers temps. Récemment j'ai appris qu'il mangeait avec un certain appétit et voyait le kiné trois fois par semaine. Ensemble ils vont jusqu'au salon où ils font le tour du hideux sofa roux en velours côtelé avec le pied à perfusion et la poche d'urine. Maurice hait cette promenade et il hait le kiné. Je lui dis, si tu veux mourir pourquoi fais-tu trois séances de kiné par semaine ? Il répond, comme je ne suis pas sûr que tu arrives à quelque chose, j'optimise les deux options. Il m'avait déjà fait le coup quelques années auparavant après une opération du cœur. On l'avait mis dans une maison

de convalescence qu'il exécrait. Je n'avais pas le temps d'y aller mais je l'appelais. « Quelle maison de convalescence ? C'est un taudis, un gymnase. Tu es dans l'antre des kinés tu ne vois pas un vrai toubib. Je n'arrive pas à dormir, je n'arrive pas à chier, la salle de bain est ignoble, on m'oblige à faire des mouvements de jambes avec des machines. Je n'aurais pas dû accepter tout ça. Je n'aurais pas dû accepter l'opération. J'aurais dû crever tranquillement. J'ai eu une belle vie, qu'est-ce que je peux attendre encore ? » J'avais dit, tire-toi Maurice. Va voir le patron de l'établissement, dis-lui que tu te tires.
— Bien sûr... Mais j'ai peur de faire une bêtise médicale.
— Tu viens de dire que tu veux crever.
Il avait répondu, oui je veux crever. Mais maintenant que j'ai subi tout ça...
Son dentier est décollé. Castagnettes en permanence. Il semble même se distraire à le faire monter et descendre. Au bout d'un moment, je n'en peux plus. Arrête avec ce dentier ! Paulette sa deuxième femme se glisse dans la chambre. Elle me donne raison. Je dis, il faut recoller ce dentier, il a l'air gâteux. Elle est d'accord. Il aurait dû faire des implants qu'est-ce que tu veux ! Les Blum ont fait des implants vers quatre-vingts ans, dit-elle, j'ai dit à Tamara vous avez tellement bien fait de faire ces implants jeunes.
— Albert, rien n'a tenu, dit Maurice.

— Non, rien n'a tenu le pauvre. Tamara voudrait le mettre dans une maison, parce que maintenant, qu'est-ce que tu veux... Le problème est que la seule maison correcte qu'elle a vue est à Verdon-la-Forêt, à une heure de Paris, Tamara ne conduit plus à son âge...
— On s'en fout ! Laisse-nous Paulette.
— Tu te souviens que ton père s'était brouillé avec Albert ? me dit Paulette.
— Pourquoi déjà ?
— Parce que chacun se vantait d'avoir fait découvrir Gustav Mahler à l'autre. Ils en étaient venus aux mains.
— On connaît tout ça ! dit Maurice.
— Ils ne sont jamais tombés d'accord. Entre nous, Albert avait sûrement raison. Edgar n'y connaissait rien en musique. En dehors de la Symphonie n° 5, qu'est-ce qu'il pouvait connaître à Mahler ? Tamara était complètement du côté d'Albert. Pour elle ton père n'avait aucune oreille et d'une manière générale pour ainsi dire pas de sensibilité artistique. Pendant des années, dès qu'ils se voyaient, Edgar lui disait : sors ton fiel Tamara ! Allez, sors ton fiel ! Il faut dire qu'elle est un peu fielleuse...
— On s'en fout, Paulette !
— Tu vois ce que j'endure, dit Paulette en quittant la pièce.
— Bon, raconte un peu. Quoi de neuf ? Tu as remarqué qu'elle dit *qu'est-ce que tu veux* toutes les

dix secondes ? Pourquoi tu ne trouves pas une gentille fille ? Tu es bel homme.
— J'ai plein de gentilles filles.
— Tu vois toujours cette Marion ? Elle est gentille.
— Très gentille.
— Et le petit ? Qu'est-ce qu'il devient le petit ? Comment il s'appelle ?
— Luc. Tu ne veux pas que je te redresse ?
— Tu pourrais avoir un enfant toi aussi. Donne la manette...
— Quelle manette ?
— La manette du ventilateur. J'ai fait installer un ventilateur au plafond, le même qu'au Raffles. Tu as vu ? Tu as vu la beauté des pales ?
Il appuie plusieurs fois sur la télécommande, les pales s'emballent et créent une mini-bourrasque dans la pièce.
— Fantastique non ?... Donne-moi la boîte là... Les bonbons. Là, là.
Avachi en arrière, il tend un bras impatient. Je lui donne la boîte de pastilles que je trouve sous des journaux dans un compartiment encombré du meuble de chevet (lui aussi de type médicalisé). Sans le moindre effort de redressement il s'acharne pour l'ouvrir. Je tente de l'aider mais il veut y arriver seul. La boîte s'ouvre brutalement et toutes les pastilles noires s'éparpillent sur le lit. Merde ! Je m'empresse pour les récupérer sous les rafales. Lui en cueille à l'aveuglette en tâtonnant le drap avec

sa main et les enfourne. Il se met aussitôt à tousser d'une façon caverneuse et terrifiante. Il s'étrangle. Paulette revient en courant. Qu'est-ce qu'il a ? Qui lui a donné ces pastilles ! Il n'a pas le droit de manger des réglisses ! On le remet droit. On lui tape le dos. Arrêtez ce vent !! Il finit par vomir les bonbons dans un mélange de bave et de morve.

— Tu veux crever étouffé par un réglisse ! Ben voilà ! Pourquoi tu les recraches ? Tu l'as trouvée la solution ! dit Paulette avec sa voix suraiguë en lui nettoyant le visage. C'est toi qui as mis le ventilateur à cette vitesse ? Je n'en peux plus.

Elle repart, marmonnant une litanie inaudible. Maurice reste un instant hébété et réactive son dentier.

— Marre de ces duègnes.

— À la fin du mois, nous allons à Auschwitz avec Nana et Serge.

— À Auschwitz ? Qu'est-ce qui vous prend ?

— Joséphine s'est mis dans la tête d'y aller depuis la mort de sa grand-mère. Elle voudrait que son père l'accompagne. Nana l'approuve et tient à se joindre. Serge panique à l'idée de se retrouver avec elles deux. Donc j'y vais aussi.

— Ce n'est pas un endroit !

Je hausse les épaules. Ça m'emmerde d'avoir à commenter cette virée.

— Ça m'étonne de ton frère.

— Valentina l'a chassé de chez elle.

— Il a fait l'imbécile ?

— Sûrement.
— Où il est ?
— Dans un meublé que Seligmann, le gérant de sa librairie rock, lui prête. Vers le Champ-de-Mars.
— Elle était bien cette fille.
— Oui.
— On garde une fille pareille !... À part filer du pognon aux Polaks, qu'est-ce que vous allez faire à Auschwitz ?
— On verra.
— D'où ça sort cette idée ?
J'attrape la boîte de réglisses et en ingère trois ou quatre.
— Je suis le mouvement.
— Remets le ventilateur. J'étouffe.
— La famille de maman a fini là.
— Si on me redonnait des jambes, c'est le dernier endroit où j'irais.

En début d'année, Serge s'était rendu en Suisse pour faire une cure de bouillon. Harcelé par Valentina pour changer de corps, il avait accepté une retraite dans une clinique de médecine intégrative sur le lac de Vaar. Là, humant l'air du Waponitzberg sur sa terrasse panoramique et carrelée, engoncé dans une pelisse de mouton et ceint d'une couverture, il entamait à prix d'or son repos digestif (autrefois dit jeûne) par un bouillon de légumes et une eau minérale. Le lendemain, le bouillon disparaissait du protocole et ne lui restait que l'eau et la tisane

aromatique à volonté. Une impression de malheur l'avait assailli, d'autant que tous les à-côtés de la cure, enveloppements, méditation, yoga, coaching psy, sans parler de la randonnée hivernale, lui faisaient horreur. Valentina l'avait accompagné. Sa présence n'apportait aucun réconfort car elle jouissait d'un simple programme diététique et pouvait s'asseoir devant une nappe blanche et des couverts aux heures des repas. De plus, elle s'adonnait à toutes les activités avec une horripilante ardeur quand elle ne traînait pas en peignoir au Beauty Center. Serge passait ses journées entre la terrasse et le lit, vissé au portable, son rectangle d'azur, sa seule fenêtre vers le monde normal. Au quatrième jour, Valentina le retrouvait clope au bec en dépit de l'interdiction, vêtu en homme d'affaires et bouclant sa valise. Plus tôt dans la matinée elle avait osé le féliciter pour la réinsertion du bouillon de légumes.
Sur la route elle lui reproche non le départ précipité mais le drame à la réception, sa vulgarité et sa mesquinerie. Car bien sûr il n'avait pas été question que le centre rembourse le reste de la semaine. Six mille euros le bouillon de céleri ! Les ordures ! Quelle clinique de merde ! avait dit Serge en conduisant à tombeau ouvert, c'est un racket ! Tu vois où ça nous mène tes conneries de journaux de bonne femme ? Le nazi de la réception ! Vous avez signé la charte monsieur ! La charte ! Quelle charte enculé ? Je ne sais pas ce que j'ai signé moi ! Je suis gros. Je m'aime

gros, je suis bien comme ça ! Et il y a des gens qui m'aiment gros ! Tu sais ce qu'on va faire Valentina ? Trouve-moi Zurbigën sur la carte. Et je vais commencer par une bière, ça ouvre le pylore !
— Qui t'aime gros ?
— Des gens. D'ailleurs je ne suis pas gros, je suis ballonné. Et je ballonne parce que je mange plus vite qu'un chien. Il faut le savoir. Aucun clébard ne peut me battre.
— Quels gens ? Peggy Wigstrom ?
— Qu'est-ce qu'elle vient faire là ?
— Peggy Wigstrom ? Ce serait immonde tu en es conscient ?
— N'importe quoi !
— Tu couches avec Peggy Wigstrom ?
— Mais tu es complètement folle ! Ça ne t'a pas du tout réussi cette cure.
— Réponds !
— Je pourrais être son père !
— Ça n'a jamais gêné personne.
— Je ne sais même pas comment tu peux avoir cette idée Valentina.
— Jure-le.
— Je le jure ! Il n'y a rien entre Peggy Wigstrom et moi. Je le jure.
— Sur la tête de Joséphine ?
— Sur la tête de Joséphine.

Le soir même, au Walser House de Zurbigën, après s'être réjoui d'un gratiné d'oignons à la parisienne

suivi d'une poitrine de pigeon farcie de ses cuisses, Serge disait à Valentina, pour être franc *tesoro mio*, je ne crois pas à toutes ces injonctions de régime. Selon moi on peut maigrir par décision mentale. Je crois aussi qu'on peut sculpter un corps par imagination sans faire de sport. Note que j'ai refusé le pain ! J'ai bien droit à un petit dessert n'est-ce pas ?
— Puisque des gens t'aiment gros...
— Tu es si méchante *micetta*...
Le lendemain, au sortir d'un dîner peut-être encore meilleur que celui de la veille, alors qu'il prélevait avec les doigts un chou de son saint-honoré, une idée a germé : c'était ici, dans les cuisines du Walser House, et non ailleurs, que son neveu Victor allait parachever sa formation de cuisinier et travailler l'été prochain. Hélant un maître d'hôtel, il demandait si M. Popper qui tenait à le féliciter personnellement pouvait être reçu par le chef.
— Passe un coup de fil à Victor avant de t'avancer, a suggéré Valentina.
— Il cherche un stage pour l'été. Il ne trouvera pas mieux.
— C'est lui qui te l'a dit ?
— Nana.
— Appelle-le quand même.
— Toujours des complications ! Je lui écris : *Saison d'été à l'hôtel Walser House, une des meilleures tables de Suisse. Ça t'intéresse ? Tonton Serge*

Après les mignardises et le Fernet, ils quittaient la salle à manger. Au fond des cuisines vastes et profondes, le chef les attendait. Un homme brun, avenant, enfant des alpages du Waponitzberg qui ne parlait que l'allemand ou l'anglais. Utilisant cette dernière langue avec l'accent qu'on lui connaît, Serge a commencé par lui dire qu'il méritait au moins une étoile Michelin. Après un ou deux compliments additionnels, il introduisait son neveu Victor, en gros un garçon épatant, fou de cuisine, sortant tout juste de la célèbre école Émile Poillot et cherchant un stage d'été. Le chef n'a jamais entendu parler de l'école Émile Poillot mais écoute la requête avec bienveillance et propose que le jeune homme envoie un e-mail avec son CV.
J'ai bien parlé, non ? demande Serge dans le *gemütlich* couloir qui conduit à leur nouvelle chambre. On leur avait initialement attribué la chambre dix-huit : un numéro impossible. Un plus huit égale neuf, le chiffre de la mort. Serge avait obtenu un changement.
— Tu as très bien parlé.
— J'ai bien fait de mentionner l'étoile Michelin. Il était content.
— Il avait l'air.
Serge est convaincu que sa destinée est gouvernée par les nombres. Un jour, à Chypre, il avait changé trois fois de chambre. La première avait un mauvais numéro, la seconde deux lits mitoyens qui

avaient l'air de tombeaux, la troisième un couvre-lit marron-noir inévitable. Quand Serge quitte une pièce il faut que ses yeux aient vu en dernier un objet ami ou une couleur positive. Le noir est négatif. Quand il a accroché un truc noir, il doit immédiatement conjurer en captant deux fois de suite sans se gourer un truc clair. C'est épuisant. Sans compter le détraquage oculaire.

Quant à Victor, ajoute Serge, aucune réponse. Comme son père. Le pape est plus facile à joindre que les Ochoa.

Les Ochoa père et fils possèdent l'un et l'autre des portables surannés et on ne peut jamais les joindre directement. Cela est vrai. Mais autant l'inertie du père est exaspérante autant le peu d'intérêt du fils pour l'objet est hardi et surprenant. Les jeunes sont cramponnés à l'appareil, pas Victor. On ne trouve ce garçon sur aucun réseau de sa génération, d'ailleurs jusqu'à récemment il avait un mobile sans Internet. Mon neveu Victor Ochoa ne ressemble pas à son père, je tiens à le préciser. Quelque reste de fierté espagnole bon, une susceptibilité un peu ridicule parfois oui, et c'est tout. Il n'a rien d'un Popper non plus – comme si les Popper avaient une consistance définie ! –, enfin je veux dire il ne ressemble pas davantage à sa mère, ni physiquement ni en tempérament, elle-même s'étant au cours des années sensiblement ochoisée. En cuisine, il prend plaisir à la rendre folle. Et ce d'autant que Nana s'est toujours présentée comme une femme inspirée aux fourneaux. Dorénavant, lorsqu'il consent à passer chez ses parents (il est en colocation lointaine avec des copains de son école), Dieu merci pas trop souvent, il rôde en pro derrière ses épaules. Pourquoi préfères-tu faire bouillir la viande plutôt que la saisir ? Pourquoi fais-tu déjà brûler ta sauce alors que tu n'as pas encore cuit les pâtes ? Pourquoi laisses-tu les champignons se gorger d'eau ? Si tu acceptais de plonger tes légumes verts dans un bain d'eau glacée juste après la cuisson tu ne servirais pas des légumes kaki à tes invités. Des salsifis au mois de mai ? Plus il la critique, plus elle devient maladroite. Elle s'inhibe et ne sait plus ce qu'elle fait. Un jour qu'elle découpait un oignon avec le couteau à pain, Victor a dit, hâte de te voir couper du pain avec l'éminceur ! Elle l'a menacé avec le long couteau cranté.

Victor rappelle Serge le lendemain. Valentina et Serge sont sur la route. Il conduit, Valentina lui tient près de la bouche le portable haut-parleur mis. Tu lui envoies un mail, en anglais, crie Serge, tu précises tes dates, ton diplôme, tes stages et les maisons où tu as travaillé, le truc sur le bassin d'Arcachon où tu es passé à la viande au bout de quinze jours, le Meurice, tutti quanti. Victor remercie sans débordement et promet d'envoyer le mail dans la soirée. Il trouve tout normal, dit Serge à Valentina quand la communication est coupée.

— C'est normal. Tu es son oncle.
— Oui, oui.
De retour à Paris, Serge se vante auprès de Nana d'avoir organisé l'été de son fils dans un établissement de premier ordre. Qui plus est, ajoute-t-il, il sera dans un cadre somptueux au milieu des montagnes, aux confins de la Suisse, lui qui voulait voyager. Nana le remercie avec chaleur.

Quand je rentre chez moi, personne ne m'attend. Je ne dis jamais, c'est moi ! de la voix joyeuse qu'il m'est arrivé d'entendre dans certaine maison, ne m'attendent ni coucou ni pas empressés. Moi qui ai orienté ma vie dans le sens inverse, je me trouve idiot quand me prend par surprise le regret d'un foyer animé, de l'intimité, d'un temps ritualisé même au profit de tâches élémentaires. Comment éviter de telles élucubrations ? Quand j'étais jeune j'adorais la chanson *Si tous les gars du monde (décidaient d'être copains)*. J'ai longtemps cru que ça devait se passer comme ça (une part de moi le pense encore) : des types francs du collier qui marchent main dans la main, une équipe fraternelle de gars solides et spécialistes en tout genre. Évidemment nous n'avions ni femme, ni famille. Moi j'avais le droit de me retirer quelquefois sous la tente avec une belle tandis que les autres continuaient à chanter autour du feu (et jamais ne baisaient). Mais pas d'histoire d'amour, pas d'enfant, aucun de ces fardeaux à l'horizon. Marion croit

normal de pouvoir me relater son aventure sentimentale. Je ne sais pas comment j'en suis venu à être le confident de Marion. Théoriquement un homme intelligent coupe court à ce genre de feuilleton d'autant que ne sont pas encore apparues les amères fissures de déception. La pauvre est dans un état d'exaltation inouï. Tout lui est bonheur. De mon côté tout est bon pour la contrarier. Elle me raconte que son type est né à Buenos Aires où il a passé plusieurs années. Pourquoi tu dis Bouènos Aïrrresse ?
— Parce que c'est joli.
— Tu ne dis pas Man-hhhhhattan.
— Non. Mais je dis Bouènos Aïrrresse. C'est grave ?
— Oui.
— Tu deviens de plus en plus fou.
— Pourquoi tu dis Bouènos Aïrresse au milieu d'une phrase en français ?
— Parce que ça me plaît. Arrête !
— Non. Tu dis Bouènos Aïrresse parce que tu l'imites.
— Peut-être. Et alors ?
— Ce n'est pas toi.
— Tu es jaloux ?
— Toi aussi Marion tu es de plus en plus folle.
Il y a deux ans, je les ai emmenés à Venise, elle et Luc. J'avais loué un deux-pièces près des Frari. C'était bien ce petit trio. Le lundi de Pâques nous courions dans la rue de peur que l'épicerie ne

ferme tôt. Nous avons croisé un mendiant noir sans âge. Marion s'est arrêtée, j'ai dit en italien que nous repasserions. Quand nous sommes repassés, je n'avais qu'une carte bancaire et Marion deux billets. Le type lui a dit, *Puoi cambiare ?* Marion a voulu qu'on retourne faire de la monnaie au magasin. Il y avait du monde à la caisse. Elle a tendu un billet de vingt euros en demandant poliment le change. L'homme lui a dit qu'il ne l'avait pas en faisant semblant de nous montrer son tiroir-caisse. Tous les magasins avoisinants étaient fermés. Marion a dit, je n'ose pas repasser devant le mendiant. On a pris un autre chemin mais elle était contrariée, le pauvre, c'est mal d'avoir fait une promesse qu'on ne tient pas. J'ai dit, il s'en remettra. Il nous attend, si on ne revient pas il aura une idée encore pire de la vie. J'ai dit, tu te donnes trop d'importance Marion. Le sac de courses était lourd. On était déjà assez loin quand on a longé un magasin de souvenirs ouvert. Le patron a dit qu'il n'avait pas de monnaie sans même vérifier. On aurait pu faire de la monnaie en achetant une bimbeloterie, a dit Marion. Tout est hideux tu vois bien et rien à moins de cinq euros ! Après un pont nous sommes passés devant une échoppe de cartes postales et Marion s'est jetée dedans pour en acheter une. Elle avait de la monnaie. Luc aussi voulait retourner. Nous sommes revenus sur nos pas avec tous les touristes à contresens et le sac qui pesait dix tonnes. Le mendiant nous a reconnus, il nous

a souhaité *Buona Pasqua* en souriant gentiment. Tu vois, on a bien fait de revenir ! a dit Marion. Mais quelques mètres plus loin elle s'est à nouveau assombrie, ça m'énerve qu'il ait pu penser qu'on lui a donné de l'argent parce que c'était le jour de Pâques.
N'empêche que je suis plus ou moins crucifié par cette histoire d'amour grotesque avec l'Argentin. Je ne pensais pas que Marion avait ce genre d'empire sur moi. Je suis ainsi ces temps-ci, poreux à des choses anormales. Dans le TGV j'ai vu sur la couverture d'un magazine une photo de Céline Dion terrifiante. Elle est devenue brune avec des cheveux courts huileux taillés en plume sur le front. Elle est accroupie dans une pose folle, les jambes écartées dans un jean hyper large, aux pieds des bottines pointues de marquis. Cette femme m'a semblé en totale perdition. Engloutie dans le marketing comme dans l'ahurissant survêtement vert fluo me suis-je dit et ça m'a peiné. Pas pour elle mais pour le changement de monde. Les mecs de ma génération sombraient dans les drogues et les utopies. Mieux ou pire, ils restaient réels et on trouvait matière à fantasmer. Pour me ressaisir je me transporte à Auschwitz. Là où n'auraient jamais eu cours ces fumeuses nostalgies. Et si j'en viens à penser à Auschwitz (d'ordinaire je ne vais pas chercher des contre-feux aussi radicaux) c'est que Joséphine, jeune pousse en mal d'identité, a entrepris d'aller fouler la tombe de ses ancêtres, y entraînant

comme dans un jeu de quilles ce trio oublieux et désinvolte, son père, sa tante et moi son oncle.

Sur ordre de Carole, Serge allait aux spectacles de fin d'année de l'école de danse de Joséphine. Chaque année, il voyait sa fille boulotte et revêche effectuer sans grâce les gestes de la choré engoncée dans un justaucorps inadapté. Il sombrait ensuite dans la mélancolie. Les autres parents filmaient, applaudissaient et récupéraient leurs enfants dans un brouhaha de bonne humeur, lui attendait dans le fond courbé sur un tabouret, incapable de prononcer un mot gentil quand survenait la petite le visage plissé et inquiet. Il se sentait pour ainsi dire damné.
Jamais cette fille ne fut la douce liane aimante et fine rêvée par son père. Encore moins le génie attendu. Joséphine se traînait d'une classe à l'autre relativement sans bruit. En seconde elle s'est fait virer du lycée pour séchage abusif et contrefaçon de mots parentaux. Après des efforts de scolarité chaotiques elle s'est entichée de maquillage, une orientation pathétique selon son père qui a fini par payer à reculons l'école privée. Pendant un temps elle a fait des podiums pour des chaînes de parfumerie (*podium!* comme si je maniais ce mot depuis toujours alors que j'entrevois à peine de quoi il s'agit) jusqu'à ce qu'elle se retrouve traitée comme une voleuse au PC de sécurité du Sephora Champs-Élysées. Aujourd'hui elle se définit

comme *make-up artist* et gagne sa vie comme intermittente à la télé. Il se peut que Joséphine vaille mieux que ma présentation. À vrai dire je la connais peu en dehors des complaintes de Serge et des déjeuners familiaux évoqués plus haut où personne n'est à son best.
Cette année, mû par on ne sait quel remords paternel ou vieillissement des organes, mon frère a pris deux décisions en relation avec sa fille. L'accompagner en Pologne et lui acheter un studio. Compte tenu du profil financier de Serge, Valentina s'est proposé d'être caution du prêt. Un geste aimant et noble si on considère le peu d'efforts de Joséphine à son endroit. Joséphine a commencé les recherches de son côté. Leur première visite, un sixième mansardé rue Poulet à deux pas du boulevard Barbès, a convaincu mon frère de prendre lui-même les choses en main. Une soupente chez les Arabes, tout ce qu'elle a trouvé ! Valentina a recommandé à Serge une agente immobilière dynamique et possédant un bon réseau selon ses mots, par qui elle avait acquis son propre appartement. Une certaine Peggy Wigstrom. Jolie blonde d'une trentaine d'années au chignon parfait que j'ai imaginée aussitôt la seule fois où je l'ai vue possesseuse d'une panoplie de cravaches. Est-ce que Serge a eu la même impression ? Toujours est-il qu'il a pris très à cœur cette recherche de studio, visitant des biens sans même Joséphine qui de toute façon n'aurait pas mis un pied dans les quartiers de vieux

où son père voulait la caser. Un beau jour, le sachant au téléphone avec Peggy Wigstrom, Valentina l'a entendu rire d'un drôle de rire. Un rire tout à la fois faux, idiot et gaillard. Qu'est-ce qui est si drôle ?
— Drôle ?
— Vous sembliez vous tordre de rire.
— Oh non, rien du tout. Elle avait encore une proposition du côté d'Auteuil, on imaginait la réaction de Joséphine !
— Tu es si bête quand tu veux plaire.
— Les hommes sont bêtes *tesoro mio*.
— Tu n'es pas un peu trop intime avec cette femme ?
— Jamais !
Peggy Wigstrom était restée sagement tapie dans les pensées de chacun jusqu'à la route de Zurbigën où il avait suffi d'un mot malheureux pour la faire ressurgir. Mais Serge avait juré. Juré sur la tête de sa fille qu'il ne couchait pas avec Peggy Wigstrom. Elle l'avait cru. On ne jure pas sur la tête de sa propre fille si ce n'est pas vrai. Il faudrait s'interroger sur l'incessante crédulité des femmes. Depuis la nuit des temps les hommes disent n'importe quoi. Les hommes n'ont pas de morale du verbe. Les mots ne pèsent rien. À peine prononcés ils s'envolent telles des bulles et éclatent doucement dans l'air. Qui s'en soucie ? Si un problème survient on corrige avec d'autres mots qui s'envoleront également, et ainsi

de suite. Jure sur la tête de Joséphine, a dit Valentina. Sur la tête de Joséphine, a répété Serge sans la moindre hésitation et peut-être même du ton de l'offensé avant de n'en pas dormir et de s'imposer je ne sais quel Golgotha purificateur. Valentina l'a cru. La soirée était sauvée et Peggy Wigstrom a retrouvé sa place dans l'ombre.

Acheter un logement, ce n'est pas rien. Qu'on le veuille ou non il y a une dimension de vie et de mort dans la perspective. Wigstrom mise à part, Serge visite des studios pour sa fille dans l'idée que c'est lui, ruiné et abandonné de tous, qui y finira ses jours. Un studio censé convenir au propriétaire et à l'occupant c'est pourtant le b.a.ba de l'immobilier. Mais quels critères communs entre deux êtres aussi existentiellement éloignés ? Joséphine ne craint aucun escalier, rêve de bruit, d'agitation, de bars, de métros, quand les priorités de son père sont ascenseur, portes et salle de bain assez larges pour le déambulateur, couloir adapté aux virages, environnement paisible avec brasserie où déjeuner et voir passer de jolies femmes. De temps en temps l'un de nous doit rappeler à Serge que ce studio n'est pas un pré-caveau censé l'abriter lui. Il le sait. Mais il ne comprend pas sa fille, il ne comprend pas ses choix. Est-il homme à entrer dans la logique d'un autre ? Quand il est bien disposé il l'accompagne du côté d'Oberkampf, le corps traînant et brave, il s'efforce de repérer des signes favorables, un bon numéro de rue, une couleur de hall positive, aucun rideau de fer noir alentour.

Hier, rue Honoré-Pain, j'ai vu tomber un pigeon sur la chaussée. Il était sur le dos, ses ailes ont battu pendant quelques secondes. Puis il est mort. Au-dessus, groupés sur l'auvent d'une toiture, un groupe d'autres pigeons le regardait. Je me suis demandé quel était leur sentiment. L'avaient-ils poussé ? Ce matin, à quelques mètres de chez moi, dans un coin de la rue Grèze qui est transversale à la rue Honoré-Pain, un corbeau becquetait voracement le pigeon mort. Celui-ci était déplacé de plusieurs mètres et n'avait plus de tête. Je me suis arrêté pour regarder la bête luisante qui s'activait. J'ai pensé à Serge qu'un tel spectacle au pied de sa porte aurait mortellement angoissé. D'un élan sec le corbeau a tourné son cou vers moi, me fixant de ses yeux jaunes et méprisants. C'est mon caniveau, mon butin. C'est ma rue Grèze, une terre sauvage, a-t-il lancé. J'ai fait un cercle ridicule pour rejoindre ma porte. J'ai baissé les yeux. Oui monsieur le corbeau.

M'est revenue une scène des *Frères Karamazov* : un homme fouette un cheval sur ses yeux dociles. Dans d'autres traductions on lit sur ses yeux *doux*. Mais *docile* élève la phrase.

« Maman est dépressive le matin, négative à midi, boute-en-train en public le soir. » J'ai en tête cette phrase de Margot quand j'appelle sa mère en fin

d'après-midi. Je la trouve en effet sur la pente de la jovialité. Nana est en charge de notre voyage à Auschwitz. Elle s'est proposée elle-même en tant que pro (depuis quatre ans, elle est coordonnatrice dans une association liée à l'Aide à l'enfance, qui organise les vacances de familles défavorisées). Elle me fait un rapport telle une bonne secrétaire : avions réservés avec cartes d'embarquement, hôtel réservé à deux pas du camp, créneau de visite du Mémorial réservé à neuf heures avec guide polonais. Un guide polonais ?
— Oui. C'était le seul moyen d'obtenir des billets d'entrée pour ce jour-là. Le quota de places des visiteurs sans guide était épuisé. Mais on quittera le groupe tout de suite. Tu t'occupes de la bagnole ?
— C'est fait.
— J'aurais bien emmené Margot mais c'est l'année du bac.
— On ne va pas y aller en délégation.
— Elle a failli y aller avec sa classe en décembre mais elle n'a pas été sélectionnée.
— Dieu merci !
— Pourquoi ?
— Je plaisante.
— Ah oui ! Haha. Demande-lui de te raconter, tu vas rire.
— Rire ?
— Oui, oui. Tu verras. Tu as des nouvelles de Serge ?
— Il n'est pas au mieux.

— Tu ne crois quand même pas qu'elle l'a quitté pour de bon ?
— C'est une crise. Ils en ont eu d'autres.
— Ce serait la pire connerie de sa vie. Elle est formidable Valentina. Il ne retrouvera jamais une femme pareille.
— C'est vrai.
— Qu'est-ce qu'on peut faire ?
— Qu'est-ce que tu veux qu'on fasse ?
— Dis donc, tu sais que le chef suisse du Walser n'a jamais répondu à Victor !
— Ah bon ? Parles-en à Serge.
— Victor a envoyé son CV, tout, ses références, en anglais, tout bien, aucune réponse. Ça fait presque deux mois. Tu sais les saisons s'organisent très à l'avance.
— Dis-le à Serge.
— Ça m'embête s'il est au fond du trou.
— Il peut encore passer un coup de fil.
— Oui... Ce serait formidable si Victor faisait la saison d'été au Walser.
— Dis à Serge de relancer le type.
— Oui...
— C'est à lui que tu dois parler pas à moi !
— Oui, je vais le faire.
Serait-ce possible que Valentina ait quitté Serge pour de bon ?
Valentina est en dehors de la sphère habituelle de Serge. Pour autant qu'on puisse cerner les contours de cette sphère. Ils sont ensemble depuis cinq ans.

Serge l'a rencontrée chez l'avocat qui défendait Jacky Alcan lors de l'affaire de la taxe carbone (Jacky avait recruté des gérants de paille pour les fausses sociétés). Rien ne prédestinait cette femme brillante et rationnelle, cadre supérieure chez Lactalis, à s'enticher d'un Serge.
Serait-il possible qu'elle l'ait réellement quitté ? Je ne m'étais pas encore figuré la chose en ces termes. Perdre Valentina serait en effet une énorme connerie.

Par une gentille soirée de février, environ un mois après leur excursion suisse, Valentina lisait inopinément sur le portable de Serge ces quelques mots : *Appelle-moi sur l'autre.* L'objet s'était trouvé à portée de main et non encore verrouillé. Vers qui s'était envolé ce court message ? Est-il besoin de l'écrire ? Les mots flottaient perdus sur le fond blanc et les échanges antérieurs semblaient tous effacés. Comme s'effaçaient dans l'instant les contours des choses familières, tout motif de joie et de confiance.
Quand Serge revient dans la pièce, il trouve une femme livide et hérissée. Où est l'autre ?
— Quel autre ?
— L'autre téléphone espèce de merde !
— De quoi tu parles V...
Il n'a même pas le temps de le dire, elle s'est déjà jetée sur lui, fouille ses poches en le bousculant et extirpe le discret Wiko qu'elle balance à l'autre bout de la pièce.

— Fous le camp ! Fous le camp d'ici !... Avec la salope que je t'ai présentée moi-même ! Moi-même ! Elle crie, le frappe, ouvre un placard, sort des tiroirs toutes ses affaires, arrache des cintres pantalons, chemises, vestes qu'elle jette au sol.
— Où est ta valise connard ?! Trouve la valise avant que je te tue !
Dans la salle de bain elle balance rasoir, mousse, brosse à dents, eau de toilette. Serge essaie de l'attraper pour la calmer mais Valentina balaie déjà une étagère de la chambre, elle fait partie des femmes que rien n'arrête quand elles sont sur le sentier de la guerre.
— Sur la tête de ta fille ! Tu as juré sur la tête de ta propre fille !... Quant à la Wigstrom, cette Teutonne en silicone...
— Pas Ganesh ! Pas mon Ganesh !...
— C'est normal que tu baises une Teutonne, les juifs aiment les Teutonnes.
— Valentina !
— Il n'y a plus de Valentina.
Il récupère sous le bureau la statuette du Ganesh dansant en terre cuite offerte par une médium à Auroville. Valentina est partie dans le vestibule avec un escabeau. D'en haut, elle bazarde la valise noire que j'ai connue de tout temps. Elle empile dedans tout ce qu'elle a jeté, il se trouve obligé d'aider pour éviter un excès de saccage.
— Je m'en fous que tu baises des putes à droite à gauche, les hommes ne savent pas quoi faire de

leur queue, mais que tu me mentes ! Que tu m'aies menti ! Que tu te sois foutu de ma gueule à ce point ! Jamais je n'ai regardé tes messages, jamais je ne t'ai fliqué. Je te fais confiance, et je récolte quoi, elle récolte quoi la brave conne qui gobe tout ? Le type s'achète son petit Wiko du lâche et se tape tranquillement la garce de l'immobilier qui cherche un appartement pour sa fille. Une garce qu'elle lui a elle-même présentée. Et soi-disant je délirais sur la route du Walser ? Comment peut-on être plus humiliée ? Humiliée jusqu'à la garde !

— Tu ne vas pas devenir comme toutes ces bonnes femmes d'aujourd'hui Valentina !

— Les bonnes femmes d'aujourd'hui te crachent à la gueule ! Où il est passé ton fétiche de merde ? Elle farfouille dans la valise, trouve le Ganesh protecteur qu'il croyait avoir mis à l'abri au creux d'une manche et le projette de toutes ses forces sur le carrelage de la cuisine. La statuette vole en éclats. Serge contemple le dieu désagrégé. Passé la seconde d'horreur et de sidération, il s'accroupit pour ramasser fébrilement tous les morceaux, tous, y compris les plus infimes, y compris la poussière de terre qu'il met dans un torchon. Lui reviennent en mémoire les idées noires de leur première nuit dans la chambre vingt-cinq du Walser House. Valentina dormait collée à son corps pendant que ses yeux à lui sondaient erratiquement l'obscurité. Qu'avait-il déclenché en jurant sur la tête de sa fille ? N'avait-il pas attiré sur l'enfant des forces maléfiques ? Il avait en tête l'image vague de serpents s'enroulant autour des jambes de la personne désignée. Comment annuler ces paroles irréfléchies ? Elles avaient répondu à l'urgence du moment, elles comptaient pour du beurre ! Que faire pour que rien ne s'abatte sur Joséphine ? Il allait booster son propre système de conjuration. Oui. Il allait démultiplier toutes ses manœuvres (il y en a beaucoup dont je n'ai pas parlé et que je ne connais même pas). Il allait aussi s'infliger des *mitzvah*. Il se souvenait de la maraude de la Croix-Rouge qu'il avait vue un soir près du cimetière de Vaugirard. Je m'inscrirai au bureau du quartier, avait-il pensé, j'irai dans la nuit avec l'anorak orange et la poussette, je distribuerai de la soupe chaude, des crayons, du papier, un kit de toilette, s'était-il dit avec émotion. Oui, je le ferai. Au moins deux fois, s'était-il promis. Et tandis qu'à quatre pattes dans la cuisine il furète sur le carrelage, il se sent comme délivré d'un poids terrible. Je suis puni, pense-t-il, c'est moi Serge Popper qui suis puni et non ma fille innocente ! C'est pourquoi il ramasse avec tant de soin le Ganesh en miettes, convaincu de la clémence et de la persistance des forces de la divinité modifiée. D'une voix assez froide il dira à Valentina en se relevant, tu es complètement démente ma pauvre. Valentina pousse à coups de pied la valise vers la porte.

— Laisse-moi la fermer !

Il voit le Wiko près d'une plinthe. Valentina est plus rapide que lui. Ils se battent, il parvient à le lui arracher des mains et le jette par la fenêtre. Elle se met à pleurer.
— Mais pourquoi je dois vivre ça ?! Qu'est-ce que j'ai fait au bon Dieu pour subir tout ça ?!
Il ferme la valise et la propulse sur le palier.
— Ciao. Je suis content de me barrer. C'est une libération !

Le soir même je lui aménageais ma pièce bureau, là où dort Luc quand Marion me le confie, et je l'emmenais au bistrot d'en bas manger des côtelettes d'agneau. Je l'ai trouvé mentalement un peu chaotique mais plutôt en forme. « Valentina met de l'eau de Cologne, m'a-t-il dit. D'une marque spéciale, j'ai oublié. L'odeur lui rappelle ses parents. Des émigrés calabrais, lui était maçon. Ça m'a fichu une mélancolie quand je l'ai rencontrée. Tu croisais des gens avec cette odeur du côté de la rue Bredaine, les cheveux brossés en arrière, des chemises de pauvres bien boutonnées jusqu'au cou. Mais je m'en fiche. Elle est folle. C'est toi qui es dans le vrai. Pas de vie conjugale. Pas de scènes, pas de jalousie. L'Italienne est la pire, elle est rigide. Elle se monte la tête toute seule, tu ne peux pas la raisonner. Même celle qui est au-dessus du lot n'est pas au-dessus du lot. On la croit intelligente, c'est un pot d'hormones comme les autres. La nuit dernière je suis arrivé au ciel, on m'a dit, votre père est au paradis dans une face nord, votre mère en enfer dans une suite face sud, servie par un nombreux personnel sri-lankais. Comment tu analyses ça toi ? Le garage de Montrouge c'est mort. Chicheportiche avait le maire dans sa poche, résultat interdiction de surélever. Pas même d'un étage ! On va revendre à perte. » À la fin du dîner, après deux bouteilles d'un excellent saint-julien, on déchiffrait à travers la vitre du Wiko aux trois quarts désintégré ses échanges avec Peggy Wigstrom. Mix de crétinerie et de salacité. *Esclave attend Walkyrie vicieuse. Viens avec tes ailes d'acier. Ton chien.* Ou bien, sur le même thème, *Est-ce que tes tétons sont aussi dressés que les pointes de ton casque ? Écarte-toi. Thor va te soumettre.* On a ri aux larmes à Thor va te soumettre, et aussi en pensant à la tête de Valentina si le portable lui était resté en main.

Le lendemain matin, je le trouvais sombre et abruti assis en caleçon au bord du lit. Sur le meuble, une plaquette de Xénotran qu'il avait dû picorer pendant la nuit. Il tentait d'appeler Valentina compulsivement depuis l'aube mais en vain. Tu veux un café ?

— Je suis réveillé depuis cinq heures. Mon masque d'avion est resté là-bas.

— Je pars deux jours à Provins pour un séminaire. Tiens, voilà des clés.

— Tu me laisses seul ?

— Je suis là demain soir.

— Comment s'appelle mon gérant qui m'entube ? Impossible de me rappeler son nom.
— Patrick Seligmann.
— Seligmann oui. Sa mère loue des meublés. Je ne connais que lui, pourquoi je ne me souviens plus de son nom ? Tu crois que c'est Alzheimer ?
— Ça m'arrive aussi. Tu vas louer un meublé ?
— Il peut éventuellement m'en prêter un. Ce qui me confirme dans l'idée qu'il m'entube. Ça me ferait chier Alzheimer... Quel organe va lâcher en premier ? C'est ça le suspens.
Il a saisi un marron dessiné par Luc. En automne, Luc ramasse des marrons et fabrique des visages sur le rond blanc. Yeux, nez, bouche.
— Pourquoi il fait la gueule ?
J'ouvre un tiroir et je lui montre ma collection de marrons peints.
— J'en ai des souriants.
Je les ai disposés sur l'échiquier en bois qui a appartenu à notre père.
Serge a demandé, tu joues de temps en temps ?
— À mon retour je te pile.
— Moi je te pile.
— Entraîne-toi un peu.
— Quand je n'aurai plus d'autonomie, dit-il de plus en plus voûté, quand je serai dans un couloir de gériatrie à la merci de salopes qui me feront des tartines à cinq heures, j'interdirai qu'on vienne me voir. Je veux la certitude d'être abandonné, plus un gramme d'espoir d'aucune sorte, rien.

— Je suis là demain soir. Serge, les choses vont s'arranger.
— Rien ne va s'arranger. Tout s'est détraqué. J'étais invulnérable. Tout s'est détraqué.
— Tu veux un marron ?
— Lui je veux bien.
— Pas un qui fait la gueule !
— Si, un qui fait la gueule.
— Bon. Prends-le.
Il m'a semblé à sec. Je lui ai laissé un peu de fric aussi.

Il y a quelque chose de poignant dans la position de l'homme assis au bord d'un lit. Les épaules sont rentrées, le buste affaissé. Le lit n'est pas fait pour cette station. Un tableau célèbre d'Edward Hopper montre un homme presque entièrement habillé dans cette situation irrésolue. Ses mains pendent entre ses jambes, il regarde le sol. Derrière lui, mais on ne la voit pas tout de suite, une femme à moitié nue dort tournée vers le mur. Si je pense à l'image je ne me souviens pas d'elle. L'homme est seul, d'une solitude qui s'exprime de jour comme de nuit, qui n'a rien à voir avec d'autres présences, la lumière ou le décor. La solitude c'est le lit et l'attitude rompue. C'est l'attente de rien. L'homme n'est vu de personne. Le corps inobservé consent à l'abattement. C'est cette particularité de n'être vu de personne qui renvoie à l'enfance, au possible vide de l'avenir. Mon frère qui était toujours grand autrefois s'est amenuisé. Je l'ai laissé en slip, replié au bord du lit, tenant le marron qui fait la gueule. Il me donne l'idée d'une vague responsabilité. Je l'ai dépassé en force, je devrais veiller sur lui.

À Louan-Villegruis-Fontaine, vers deux heures du matin, pendant que nous nous enfoncions à moitié bourrés dans les bois avec Bruno Bourboulon, un collègue du contrôle-commande, j'ai reçu un coup de fil de Serge. Valentina avait envoyé un message lui indiquant avoir empilé toutes ses affaires restantes dans un sac Ikea, lequel était à sa disposition dans le local poubelle s'il arrivait avant les éboueurs. Serge s'était immédiatement rendu rue Trichet où le sac gisait dans la cahute, prêt à l'enlèvement. Il avait pensé monter et sonner mais il n'avait pas osé à cause de Marzio. Je ne comprenais pas vraiment ce qu'il voulait ni ce que je pouvais faire à distance, d'autant que nous errions sans plan dans un froid humide avec la mini-lampe torche du business village pour retrouver notre *cottage* (un mobile-home). Bourboulon s'était jeté presque à poil dans la piscine chauffée, il était encore trempé et commençait à râler tout en fredonnant *Les Lacs du Connemara*. J'ai conseillé à Serge de retourner à la maison et de laisser passer la crise.
— Quand je me regarde dans la glace, disait-il à moitié inaudible parmi des bruits de circulation, quand je vois les taches de cimetière, l'œil soumis,

le cheveu mou faussement dans la course je me dis combien de temps tu as encore... Taxi !...Taxi !!... Ils sont en vert et ils ne te prennent pas !... Je touche le fond là, sans appartement, avec un sac de gueux. Seligmann peut me filer un trou à rat sur cour près du Champ-de-Mars. Mets-moi deux jours au Champ-de-Mars je me pends.

— Bien sûr.

— Tu sais que la vieillesse c'est du jour au lendemain ? Du jour au lendemain. Un jour tu te réveilles tu ne peux plus te reconditionner, la vieillesse te saute à la gueule...

— Serge, rentre à la maison, prends une bonne douche. Je suis là demain soir, on discutera. Serge ?...

Je n'entendais plus rien. Serge ?...

Qu'est-ce que je foutais dans ce no man's land avec Bourboulon ? Le lendemain j'avais visite guidée de Provins et vélo-rail. J'aurais pu être dans le groupe tir à l'arc, non, j'étais dans le groupe vélo-rail. J'ai tenté de le rappeler. Il ne devait plus avoir de batterie. Pour finir on a trouvé notre cottage. Impossible de m'endormir. En clôture de la soirée dansante, Bourboulon avait fait le paquito avec le responsable du projet informatique et le mec d'Enercoop venu nous vanter la gestion sociale et solidaire. J'avais trop bu, trop rigolé connement. J'étudiais la chambre préfabriquée. Je regrettais les petits hôtels en bord de mer quand on faisait des sorties de département à la bonne franquette. J'ai pris

l'iPad et j'ai regardé le dernier épisode de *Narcos : Mexico*. À la fin, avant que tout explose, Neto demande à Miguel Felix Gallardo pourquoi il s'est lancé dans la cocaïne. « Avec la beuh, on s'en mettait plein les fouilles. Ça aurait pu durer éternellement mais mon salaud t'en as jamais assez.
— On devait s'agrandir.
— On devait s'agrandir... dit Neto. Vraiment ? »
J'ai un copain de promo qui a créé sur le tard une enseigne de cuisine équipée. Il parle d'ouvrir un magasin à Hambourg. Il a à peine réussi à Paris qu'il veut déjà s'européaniser. Mes copains ont sans arrêt changé de poste et chaque fois qu'ils ont changé de poste ils se sont dit j'aurais dû le faire il y a un an. Toi tu es resté où tu étais. Une pointure obscure dans ton domaine.

Le lendemain, Serge m'a écrit qu'il partait s'installer dans le meublé de Seligmann. J'ai reçu le message dans le car qui nous ramenait dans le silence à Nation. Tout le monde était épuisé. Beaucoup avaient encore une heure de trajet pour retourner chez eux. J'ai envoyé à Marion une photo de moi faisant le pitre avec mes collègues en rando-rail pour qu'elle la montre à Luc. Le car m'a fait penser à notre prochain départ en Pologne et à l'histoire de Margot.

Récit de Margot Ochoa :
En automne, notre professeur de philosophie, M. Cerezo, un juif accablé, a inscrit notre classe à un

concours organisé par le Mémorial de la Shoah à Paris. On devait présenter un exposé sur un thème de notre choix en lien avec les camps de concentration. Le premier prix de ce concours était un voyage de classe à Auschwitz. J'ai été désignée avec deux autres filles pour faire l'exposé et nous avons remporté le prix. Le voyage ne pouvait être organisé que pour une classe de quinze élèves. Nous étions trente. M. Cerezo a décidé que les élèves participants seraient tirés au sort. On a dû écrire nos noms sur un petit papier (sauf Prune Mirza qui ne se sentait pas humainement capable de se rendre dans ce lieu et dont M. Cerezo a respecté la douleur avec beaucoup d'égards « Croyez-vous qu'ils s'en sentaient capables ceux que l'on y envoya ?! »). Les papiers ont été mis dans un chapeau puis tirés au sort par la main innocente de Flore Alouche. Ni moi ni mes deux amies n'avons été sélectionnées, ce que j'ai trouvé hyper injuste. À cinq heures du matin, devant le lycée, les heureux élus sont montés dans le car qui les emmenait à l'aéroport. M. Cerezo était bien entendu du voyage ainsi que Mme Hainaut, prof d'histoire-géo. Dans le bus, ambiance vaguement chahutante, mélange d'excitation et de fatigue. Dès la place Champerret, M. Cerezo leur a intimé l'ordre non seulement de se calmer mais d'adopter une attitude de recueillement douloureux en adéquation avec la circonstance. Certains ont immédiatement pris le masque de la souffrance sans se douter qu'il leur faudrait le conserver non-stop pendant quarante-huit heures. Car, au dire de nos amis, il s'est avéré impossible d'échapper à l'œil de M. Cerezo. À l'entrée d'Auschwitz alors que les élèves se tenaient devant le frontispice, il s'est positionné à côté du guide pour fixer les visages et s'assurer que chacun ait bien l'air horrifié. Il ponctuait aussi chacune des informations données par le guide d'un sombre hochement. Lorsqu'un élève avait le malheur de s'adresser à l'un de ses camarades autrement que par un murmure navré ou tout simplement de détendre les traits de son visage, M. Cerezo surgissait. Solène Mazamet a cru possible de glisser à sa copine qu'elle avait froid (en plein mois de décembre en Pologne). « Vous avez froid ma pauvre Solène ? Eh bien imaginez un peu. Imaginez le froid qu'ont pu ressentir ces gens que l'on a déshabillés ici même, et qui sont restés debout immobiles des heures dans la neige, sans manger, sans dormir Solène, congelés et nus avant d'être gazés ! » S'il voyait poindre un portable (prohibé par lui) ou croyait entendre un gloussement, il menaçait de renvoyer le contrevenant au point de ralliement du parking. Mme Hainaut, elle-même terrorisée, circulait telle une ombre le long des bâtiments. Le deuxième jour de ce régime alors qu'il se trouvait en haut des marches d'un crématoire et après avoir écouté tête baissée l'exposé du guide, M. Cerezo a précisé d'une voix caverneuse : « Ils étaient battus avec des nerfs de bœuf. » À ces simples mots qui s'ajoutaient à tant d'autres prononcés de façon aussi lugubre et déclamatoire, Mme Hainaut a soudain éclaté de rire. Un rire qu'elle a tenté aussitôt d'étouffer avec son écharpe et de transformer en toux, mais plus elle essayait de le camoufler plus elle pouffait, si bien que devant l'escalier du crématoire tout le groupe s'est mis à rire. Ahuri, un instant sans voix, narines écartées et fumantes, M. Cerezo a fini par dire : « Eh bien, je pense que ma mission s'achève ici. Je vous félicite madame Hainaut. » Sur ce, ajustant sa sacoche en travers de la parka il est parti dans le brouillard. Ils l'ont vu s'éloigner le long des rails vers l'entrée du camp. En fin de journée, ils le retrouvaient assis à l'avant du car, muet et inaccessible au côté du chauffeur. M. Cerezo n'a plus ouvert la bouche jusqu'à Paris.

Je me suis senti bizarrement triste de retrouver l'appartement vide, bizarrement triste qu'il soit parti si vite. Il a toujours été ainsi me suis-je dit. Toujours mieux ailleurs, fût-ce le trou à rat de Seligmann. Pourquoi n'étais-je pas moi-même prêt à bondir, à laisser lieux et gens ? On n'avait même pas joué aux échecs. Ça faisait des années que nous n'avions pas joué ensemble, je savais qu'il jouait avec d'autres, se pouvait-il qu'il me batte maintenant ? Dans le bric-à-brac plus ou moins signifiant des images qui nous restent du passé, les échecs sont un motif primordial et constant. Notre père avait je ne sais combien de formules sur les échecs.

L'une d'elles était « Le roi des jeux et le jeu des rois ». C'était un fanatique. Il se prétendait maître national, enfin *niveau* maître national. Il était abonné à *Europe Échecs* et découpait les études ou les problèmes du *Monde*. Tous les dimanches on le voyait en veste de pyjama, jambes nues et couilles à l'air, errer dans l'appartement avec des bouts de journaux et son échiquier magnétique de voyage à petits pions plats, en attente de l'action du suppo à la glycérine. Il finissait sur les chiottes de la salle de bain où il convoquait Serge (et plus tard moi) pour finir l'étude de la partie. Serge s'asseyait inconfortablement sur le rebord de la baignoire pour un aperçu de tous les efforts cérébraux et physiologiques du père. On étudiait les parties de Spassky, Fischer, Capablanca, Steinitz et d'autres mais son héros, celui dont il ne cessait de vanter la noblesse et l'intrépidité, c'était Mikhaïl Tal, le génie du sacrifice, l'Alexandre des soixante-quatre cases. Tous ces champions russes, tchèques sont juifs, nous disait-il. Et quand le type n'était pas juif, il était juif quand même. Bien sûr on jouait. Contre lui d'abord, sur le grand échiquier qui est chez moi maintenant. Quand on était petits il nous rendait une pièce au départ, une tour puis un cavalier au fur et à mesure de nos progrès. Serge a commencé à bien jouer. Mon père ne rendait plus de pièce. Dès qu'il se sentait en danger, il disait, oh c'est intéressant, très intéressant cette situation ! Analysons les variantes ! Il transformait la partie en étude, elle devenait complètement neutre et plus personne ne la remportait. Serge s'énervait. Il exigeait des parties réelles. Un jour il a gagné. Échec et mat, a dit Serge d'une voix calme et il s'est reculé dans le fauteuil à oreillettes en écartant ses bras. Mon père a réagi comme si on l'avait poignardé en plein cœur. « Mais mon petit vieux, tu es un rigolo, je t'ai remis trois coups, je t'ai conseillé pour que tu ne perdes pas ta reine ! Il pense qu'il a gagné cet idiot ! Sois modeste mon petit vieux, si tu triomphes comme ça tu es mal parti dans la vie ! » Chez nous, perdre aux échecs c'était une humiliation sanglante. C'était une mort. Tu allais à la guerre et tu mourais. Quand on s'est mis à jouer ensemble Serge et moi, à l'abri du père qui venait gâcher les parties avec ses conseils et ses commentaires, la même hargne, la même malhonnêteté nous habitaient. J'étais plus concentré que Serge. Quand je gagnais je n'étais qu'un petit merdeux sans classe qui avait profité d'un moment d'inattention. En revenant de Louan-Villegruis-Fontaine, j'étais déçu qu'il soit parti. Je n'ai même pas tenté de l'appeler.

Il est difficile de faire la part entre une émotion pertinente et un dérèglement du cerveau. Je l'ai encore vérifié en regardant la série *Fauda* où la vue d'un 4 x 4 cahotant dans le désert et d'un troupeau de chèvres dans le Golan a provoqué en moi une déconcertante nostalgie. Pour le dire autrement, une sensation d'avoir loupé ma vraie vie. Le même phénomène s'est produit devant un reportage sur un groupe de poètes moldaves vivant dans des barres d'immeubles à Chisinau, et récemment devant une infirmière de campagne faisant visiter son jardin et présentant pour la caméra la marjolaine offerte par René, le céleri de Marie-Jo tandis qu'une poule passe en fond de plan. Le fait que *ma vraie vie* puisse prendre des allures aussi diverses vient curieusement renforcer le sentiment d'échec qui m'assaille parfois et que je me suis toujours interdit de rationaliser. Jusqu'où peut-on se fier à ses abattements ? Quand on s'intéresse à ce qui se passe dans la boîte crânienne, à tous ces embranchements, interconnexions de neurones et de synapses, il n'est pas absurde d'attribuer certains états d'âme à des combinaisons purement électrochimiques.

Maurice a eu une attaque. Le kiné est arrivé un matin, il s'est penché sur le lit et a aussitôt remarqué une légère paralysie faciale. Appelée en urgence la doctoresse a diagnostiqué un AVC, elle lui a fait une intraveineuse et a prescrit un traitement anticoagulant. Après une courte phase d'aphasie Maurice s'est mis à parler une langue inconnue qui ressemblait vaguement à de l'arabe pendant que sa jambe droite tressautait sans discontinuer. Si on veut vraiment savoir ce qu'il se passe, a dit la doctoresse, c'est hôpital et scanner mais enfin il a cent ans, on ne va pas le déménager. Après quelques conciliabules épouvantés le pool des femmes à son chevet s'est rangé à cet avis. C'est pas marrant, a soupiré Paulette en m'ouvrant la porte. Ne t'attends pas à ce qu'il te reconnaisse. Dans la chambre, elle hurle (avec sa voix suraiguë), Maurice, c'est Jean, c'est Jean qui vient te voir !!! Il n'a pas ses oreilles, me glisse-t-elle, on ne va pas lui mettre ses oreilles dans cet état qu'est-ce que tu veux. Je regarde les mains sur le drap. Les mains amaigries, veinulées, vieilles amies fidèles, désœuvrées sur le tissu. J'en saisis une dans la mienne. Elle est froide. Je fais rouler les doigts sous les miens. Je le pétris doucement ce squelette velouté.

J'ai eu Serge, m'a dit Nana quelques jours après notre précédente conversation. Son *J'ai eu Serge* au timbre aplani laissant passer un filet d'air sur la fin m'énerve aussitôt. Il va mal, dit-elle (sous-entendu : il ne l'a pas dit le pauvre mais je le sais). Il a vraiment merdé avec Valentina (traduction : à un moment donné tu comprends, il y a vraiment des choses qu'une femme ne peut pas accepter). Il cherche du fric (comprendre : évidemment nous, avec notre situation on ne peut rien faire, mais toi tu as une idée ?...). Mais il est gentil, il a quand même trouvé le temps d'envoyer un mail au chef du Walser pour le stage de Victor (entendre : ça me touche beaucoup qu'il fasse ça pour Victor dans l'état où il est, on a beau dire il a l'esprit de

famille). Pourquoi tout cela m'énerve au plus haut degré ? Pourquoi ? Est-ce son ton – son ton restreint et pudibond – ou la banalité de son appréhension du monde ? Depuis que ma sœur s'est investie dans l'action sociale son esprit déjà phagocyté par Ramos s'est encore lissé.
Quand je regarde Nana, je cherche à retrouver la jeune fille qu'elle était. Je cherche dans les yeux, dans les mouvements du corps, le rire, même dans les cheveux, bref dans tout l'assemblage qui fait un être, les traces d'Anne Popper, fleur magique que ses frères exposaient au compte-gouttes dans les soirées pour renforcer leur prestige. Je ne trouve rien. Certaines personnes changent de nature. Quelque chose se passe qui n'a rien à voir avec les circonstances de la vie. Rien à voir non plus avec le vieillissement ou une catastrophe organique. C'est une modification de substance au fur et à mesure du temps qui échappe à la science. Nana parvenait à embobiner mon père qui lui payait toutes sortes d'écoles, orthophonie, architecture d'intérieur, elle se baladait avec une mollesse charmante d'une formation à l'autre, n'a-t-elle pas fait du droit aussi ? On la voyait aspirer de longues cigarettes américaines et prendre des airs de fausse bouderie avec ses cheveux rejetés d'un seul côté. Elle était invitée à des raouts juifs, elle est la seule de nous trois qui a fréquenté un petit milieu juif à l'adolescence. *Looking for a dentist*, avait dit Serge. Mon père l'aurait préférée dans l'armée en Israël

mais le mari riche était une option aussi. Sur ce est arrivé l'imprévu. L'attirance élémentaire pour ce qui tend à décevoir l'expectative familiale a produit sans crier gare Ramos Ochoa. Un gauchiste espagnol issu d'un milieu catholique et ouvrier. Je dois avouer que nous avons Serge et moi, dans un premier temps, non pas encouragé – non, pas ce mot ! – mais approuvé, peut-être même applaudi la survenance de ce garçon en bandana (il portait un bandana et quelques bracelets) qui contrastait si radicalement avec la troupe de bons fils juifs qui la lorgnait. Le Ramos du début était plutôt sympathique, un peu fade, une rigidité maoïste tamisée par l'émerveillement amoureux. On ne s'intéressait pas beaucoup à lui mais on était emballé par l'esprit d'innovation que ce béguin révélait. Que Nana ait eu le culot de s'acoquiner avec un Ramos Ochoa la rendait sexy. Ma mère recevait Ramos à bras ouverts. Ils allaient même jusqu'à énumérer des noms de toréadors. Mon père était effondré. Dans les premiers temps, lorsque le garçon paraissait inoffensif, il pouvait lui serrer la main en confrère de taille (Ramos aussi est petit), mais quand il sentit le possible sérieux de l'affaire il refusa tout bonnement de le voir. Dans l'année qui suivit on lui détecta un cancer du côlon. Il se remit pas mal de l'intervention mais six mois plus tard il repassait sur le billard pour cause de métastases pulmonaires. Cette deuxième chirurgie parfaitement inutile au dire d'autres médecins précipita

son effondrement. L'homme qui ressortait de l'hôpital après trois semaines de convalescence était l'ombre de lui-même. Des jambes chétives soutenaient un torse irrationnellement gonflé. Il se déplaçait sans aucune force, le corps penché vers la droite, la tête dodelinant, errante de malédiction. Nous l'avions ramené à la maison Serge et moi, l'encourageant dans la voiture, l'encourageant dans l'ascenseur, l'encourageant à l'ouverture de la porte de son appartement comme si ce seuil signifiait le retour de la belle vie. Ma mère et Nana s'étaient exclamées à la vue du cadavre, mais il n'a pas si mauvaise mine ! Tu vas voir comme on va vite te requinquer ! Elles l'avaient encouragé vers la chambre où tout était préparé, le pyjama frais, le lit frais, le bouquet de fleurs, les coussins bien calés. Et lui telle une marionnette portée par toutes ces exhortations se laissait déshabiller, coucher, caresser les mains et le front sans dire un mot. Quand il fut gisant dans ses draps, Zora Zenaker, la concierge qui venait depuis des années faire des heures de ménage, est apparue dans l'embrasure. En voyant l'homme jaune et décharné elle s'est écriée, ohhh monsieur Popper ! et lui se retournant et l'implorant avec ses bras de crustacé, ohhh ma petite Zora ! Elle s'est approchée du lit et ils se sont mis à pleurer dans les bras l'un de l'autre, ma petite Zora, vous seule me comprenez !
Deux mois plus tard mon père mourait. Et avec lui s'éteignait l'unique contre-pouvoir à Ramos

Ochoa. La maladie avait éteint toute velléité de conflit. Nana ne parlait plus de Ramos Ochoa. Et si Ramos subsistait tapi dans l'ombre, mon père n'en savait rien. De sorte qu'à sa mort l'amant banni qui entre-temps s'était fait une place chez Unilever a pu revenir par la grande porte de la consolation et dérouler sans obstacle son tapis nuptial.
Mon père avait-il raison ? Se pourrait-il qu'il y ait un fond d'intuition et de clairvoyance dans une position brutale ? Et faut-il attribuer au seul Ramos le changement de nature de Nana ? Sur ce dernier point je suis à peu près formel. Les conjoints interagissent, la transmutation qui en résulte est aussi imprévisible que le visage de leur descendance.

À l'aéroport de Cracovie, pendant que je patientais au comptoir de Hertz, Serge a reçu un mail du chef du Walser House. Ah, voilà, fantastique, s'est-il écrié, Nana, Nana !... Voilà, c'est bon, c'est bon ! Je t'annonce que Victor est au Walser cet été ma chérie !
— Il le prend ?
— Tu vois. Il sert encore ton vieux frère.
— Il faut appeler Victor !
— Il le sait. Il lui a envoyé le mail directement, je suis en copie moi.
— C'est fantastique.
— Fantastique. Il va apprendre comme jamais. Tu sais que c'est le haut niveau international ! Il va

revenir transfiguré. Sur le CV, ça a de la gueule crois-moi.
Nana l'a embrassé.
— Merci mon frère chéri.
— Il va faire 25 degrés à Auschwitz ! a lu Joséphine sur son portable. Complètement anormal pour un début avril.
— Je n'ai pas du tout fait la bonne valise..., a dit Nana.
— Les microplastiques contaminent tout, a continué Joséphine. D'après une nouvelle étude de l'université de Newcastle, un individu moyen ingère jusqu'à cinq grammes de plastique par semaine, soit l'équivalent d'une carte de crédit.
— Nous on la mange en deux minutes en état d'énervement, j'ai dit. D'ailleurs je vais le faire si le type continue à regarder son écran.
Serge a dit, j'ai peut-être le temps de prendre un petit Mopral.

La voiture était une Opel Insignia bordeaux. Je conduisais. Serge à l'avant et les filles derrière.
— Mets la clim, a ordonné Serge.
— Une seconde !
— Va à droite.
— Je sais sortir d'un parking.
— Tu as mis le dégivrage. Où est le GPS ?... Exit ! À gauche ! Qu'est-ce que tu fais ? C'est pas la bonne borne, tu mets ta main à l'envers, mets le

ticket sous la flèche, voilà ! Où il est ce GPS ? Menu...
— Arrête, on s'en fout.
— On s'en fout pas. Je veux mettre le GPS. Pourquoi il est en anglais cet abruti ?
— Pourquoi tu es nerveux comme ça ?
— C'est la chaleur, a dit Joséphine.
— La chaleur n'a aucune influence sur moi. Je ne vais pas me laisser emmerder par le climat. Double la camionnette !
— Tu ne veux pas monter devant, Jo ? Il n'y a pas pire que ton père devant !
Serge tripotait le GPS de façon insupportable.
— Auschwitz il ne connaît pas. C'est quoi en polonais ? Ça s'écrit comment ?
— O-s-w-i-e-c-i-m.
— Prends direction Katowice.
— Je sais lire.
— On gèle derrière, s'est plainte Nana.
Joséphine s'écrie, tu mets la soufflerie !
— On ne peut pas régler la clim.
— Éteins tout. J'ai faim, arrête-toi si tu vois un restau.
Sur l'autoroute, Serge s'est mis à nous expliquer le massacre de Katyn en hurlant à cause des vitres baissées.
— On s'en fout ! On n'entend rien, on est en plein vent !
— Vous ne voulez pas de la clim !

— Ça va être dur pour toi tonton Jean, a dit Joséphine, je comprends si tu te défenestres.
La route vide longeait des bois. Les longs troncs serrés m'ont rappelé les forêts dans les films russes, *Le Bois de bouleaux* de Wajda, un mystère serré, opaque. Le soleil n'éclairait que les cimes. Je me suis souvenu des forêts ondulantes et sublimes de Sobibor qu'on voit dans *Shoah*. Les images du film de Lanzmann ont forgé un territoire mental, un pays de nature feuillue et impavide. Je conduisais dans ce pays.

L'hôtel Impériale est un bâtiment étiré en largeur de trois étages qu'on pourrait trouver au détour de n'importe quel paysage périurbain du monde. En revanche peu d'hôtels sont bordés par des voies ferrées menant à un camp d'extermination. L'une d'elles, une petite voie désertée mangée par les herbes entre deux murets, se trouvait juste au pied de notre chambre. La vision nous a paru si incongrue que nous sommes allés Serge et moi demander confirmation à la réception.
Le jour tombait. Selon la « feuille de route » de Nana nous visitions, dans l'ordre, le camp I et le camp II le lendemain. Avant l'heure du dîner, j'ai fait une petite balade avec les deux filles. On a traîné le long d'une autre voie ferrée, puis sur des petites routes avec des maisons disparates, des immeubles bas et colorés. Nana avançait trop lentement, la veste sur les bras, la besace de touriste rouge barrant le tee-shirt.

Aux pieds, des bottines avec des talons larges et trop hauts. Ses jambes avaient grossi. Tout son corps s'était épaissi. Où était passé le cou flexible et indolent ? C'était une petite dame habillée en fausse jeune qui longeait les murs grillagés et avait chaud. Tassé le corps, tassée l'âme. Devant nous furetait la Joséphine sur-maquillée avec sa tignasse folle. Elle aussi avec des bottines, un modèle cow-boy en genre de faux serpent qui la propulsait vers l'avant. Une grande fille de constitution invincible qui attaquait le trottoir désert à l'affût d'on ne sait quoi, cherchant ardemment à voir (on ne sait quoi) à travers des trous de palissade. J'étais allé à un mariage peu de temps avant. Les filles dansaient. Elles étaient fortes, costaudes. J'ai pensé, elles sont faites pour durer, pour enfanter, pour être broyées et pour résister. J'ai vu mon copain Jean-Yves les regarder à califourchon sur une chaise, et d'autres copains du père, des semivieux également laissés sur le carreau, j'ai senti que ça les désespérait. Il y a quoi là ? demandait Nana. Mais Joséphine était loin, dispersant d'un trottoir à l'autre son énergie compacte. Et quand Nana collait son nez aux mêmes fentes, aux mêmes buissons, elle disait, il n'y a rien, déçue, me prenant à témoin comme s'il y avait eu on ne sait quoi à découvrir dans les parcelles silencieuses de la périphérie d'Oswiecim.

Il était attablé dehors sous l'auvent de la salle de restaurant à l'extrémité du parking. Il finissait un croque-monsieur en parlant au téléphone. Papa, on mange dans une heure ! s'est écriée Joséphine. Il lui a fait signe odieusement de ne pas entraver sa conversation. Les femmes sont montées dans leur chambre. On a peut-être encore une ouverture à Montrouge, m'a dit Serge en raccrochant, jamais bouffé un croque aussi gras.

— Pourquoi tu manges un croque-monsieur avant de dîner ?

— J'ai faim.

— Tu as mangé une salade il y a une heure.

— J'avais envie d'un croque. Chicheportiche a peut-être accès au commissaire enquêteur à la direction de l'urbanisme.

— C'est mieux que le maire ?

— Le maire dépend de ces mecs. Les procédures changent toutes les cinq minutes. On pourrait avoir une dérogation pour surélever si la commune n'est pas couverte par un schéma de cohérence territoriale. Ne me demande pas ce que ça veut dire. Une somme de trouilles qui se transforme en Code de l'urbanisme. Chiche se démerde dans ces trucs. Quant à Victor, aucune nouvelle.

— Tu l'as appelé ?

— Tu as déjà essayé de l'appeler ? Tu es déjà tombé sur lui directement ? Une seule fois ? Il n'a pas lu la lettre. Il s'en fout. On ne sait pas où il vit ce type. Dans ses sauces. Dans ses tatouages. Il paraît qu'il s'est encore fait un bras.

Serge regarde le parking où un car vient d'arriver. Des gens entravés par leur équipement en descendent péniblement. Il se replie sur lui-même. Une chemise à rayures trop étroite moule son ventre.
— Tu es confortable chez Seligmann ?
— Non. Et mauvais numéro de rue : vingt-sept.
— Comment tu fais ?
— C'est pas grave. Je suis au quatrième. Individuellement le deux et le sept sont bons. J'opère une dissociation mentale. Deux plus sept plus quatre égalent treize. Chiffre porte-bonheur.
— L'agente immobilière ?
— Non. Non, non. Très épisodique.
— Donc oui.
— Elle a des atouts...
— Aucun doute.
— Elle me croit toujours chez Valentina évidemment.
— Évidemment.
— Tu veux une Zywiec ?
— Non merci.
Je n'ose pas m'aventurer sur le terrain de Valentina. D'ailleurs à quoi bon ? Tout me semble tristement gelé.
— Tu connais des Polonais qui ne sont pas juifs ? dit-il.
— Je réfléchis.
— Quand je bois une Zywiec je sens que je suis proche des Polonais... C'est quoi la texture du Polonais ? Il bouffe vite et dégueulassement. Il

cherche qui il est. Il lui faut le diable pour exister. C'est moi.

Auschwitz, ou Oswiecim si on veut être gentil, est la bourgade la plus fleurie que j'aie jamais vue de ma vie. Jamais. Tous les lampadaires sont gainés d'une crinoline de fleurs, chaque quinze mètres des corolles panachées débordent de bacs, des statues florales en forme d'esquimau se pavanent sur les places, sans parler de maints arbustes et pots. Le maire a dû se dire, fleuris, fleuris mon vieux, ta ville s'appelle Auschwitz, fleuris, plante, taille, nettoie, colore, repeins tes murs ! Fais rutiler ton clocher turquoise, brique ta synagogue, convertis tes rues en jardin ! Sur une façade Jean-Paul II au pochoir dit dans une bulle *Antysemityzm jest grzechem przeciwko bogu i ludzkosci*. Le juif est un bon engrais, a traduit Serge. Devant un centre de remise en forme, il a singé la pose déhanchée de l'homme sur l'affiche, un chauve souriant et quasi nu aux muscles terrifiants. C'est là que nous avons remarqué ses chaussures. Ah, papa tu as mis les chaussures du Vieux Campeur !
— Bien sûr.
Le jour est tombé. Au restaurant on s'est décidé pour dîner sur la terrasse. Non sans discussion, les hommes ne voulaient pas être enfermés, les femmes avaient peur des moustiques. Les hommes ont gagné. Le Porto Bello avait été recommandé par l'Imperiale comme le meilleur restaurant

d'Auschwitz. Un italien sans la moindre *pasta* et dont le plat phare est *polish pork mit roll*. Après avoir commandé un risotto, un club-sandwich au poulet et des pizzas (on a pris chacun une bière différente pour tester), Joséphine nous a parlé de ses problèmes sentimentaux. Elle aime un dénommé Ilan Galoula mais elle le trouve trop popote. Avant notre voyage, il lui a annoncé qu'il n'arrivait pas à être heureux avec une fille aussi bipolaire. Un break a été envisagé. Elle s'est plainte de ne pouvoir regarder la suite de *The Crown* qu'ils ont commencée ensemble. S'il a continué *The Crown* sans moi ça veut dire que c'est fini, a-t-elle déclaré. Regarde tranquillement *The Crown*, a dit Serge, tu ne peux pas être heureuse avec un Tunisien.
— Et pourquoi ?
— Parce que c'est comme ça.
Joséphine a ri et puis elle a raconté l'histoire des chaussures. On la connaît tous évidemment. Mais on se plaît à la réentendre. À l'époque où Serge vivait avec Carole et Joséphine, Carole et un couple de leurs amis, les Fouéré, avaient organisé un séjour dans le Massif central. Tous les cinq étaient allés s'équiper en chaussures au Vieux Campeur. On s'est évidemment occupé de papa en premier, a dit Joséphine. Il n'avait jamais porté de chaussures de marche de sa vie.
— Qu'est-ce que tu racontes ! J'ai été en colonie toute ma jeunesse !

— Bon, mettons pas des chaussures d'adulte. Il a essayé sept ou huit paires. Les premières étaient trop lourdes, les autres trop rigides, il n'aimait pas leur couleur, il se plaignait de toucher le bout avec ses orteils, il sentait un frottement sur le côté, il était paralysé dans une gangue, son sang ne circulait plus, il avait déjà une ampoule, etc.

— Oui, c'est très important, a dit Serge, d'être confortable dans le magasin. Les types te disent, ça va s'assouplir, le cuir va se faire, non, non, non, le cuir ne se fait pas. Si tu es mal dans le magasin tu seras pire plus tard. C'est une loi.

— À chaque nouvelle paire papa grimpait et descendait la mini-colline du magasin, haute d'un mètre, conçue pour vérifier l'adhérence des semelles. Finalement, au bout d'une heure – vendeuse proche du suicide – il se décide pour les Trekking montagne souples que nous pouvons admirer ce soir... Papa remet les chaussures avec lesquelles il est venu et la vendeuse au bout de sa vie s'occupe de maman et de Nicole Fouéré. Tout à coup, on entend un fracas épouvantable. Le mur de rayonnage en vis-à-vis s'était écroulé avec tous les modèles en présentation. Cris dans le magasin. Au sol, honte de ma vie, au milieu de dizaines de chaussures : papa. Pour passer le temps il s'était dit, tiens je vais tester mes mocassins de ville sur la mini-colline. Il a attaqué l'ascension à très petits pas, avec une infinie précaution. Arrivé au sommet, étourdi par sa victoire, il a immédiatement dévissé,

raflant avec ses mouvements de panique toutes les étagères à sa portée.
On connaît l'histoire par cœur mais on rit à chaque fois.
— Je ne sais pas attendre, soupire Serge.
Il se plaît aussi à la réécouter. Il aime être le héros d'une fable clownesque. Les hommes aiment être les héros de tout, n'importe quel héros. Joséphine l'entoure et l'embrasse. Il se laisse faire, confus, un peu rougissant et raide. Elle dit, mon papounet ! Lui rit bêtement. Il ne sait pas gérer ce contentement impudique. Il parle aussitôt de bière. Comment est ta Lech ?
— Agréable.
— Fais goûter... Pas mal. Sans esprit la Tatra.
— Moi j'aime mon Okocim, dit Nana.
Serge dit, et si on en commandait une brune pour voir ?
Autour de nous, quelques tables occupées par des Américains ou des Polonais. Pas foule. Le Porto Bello ne doit pas se trouver sur la route des cars. On trinque. Joséphine fait une photo des trois Popper. Nana pose au milieu de ses frères. On a l'air joyeux et vieux.
Je dis, que deviennent les Fouéré ?
— Ils vieillissent gentiment, répond Serge. Ils ont pris un chien japonais. Au début ils le tiraient en charrette pour qu'il ne déforme pas ses petites pattes.
— C'est mignon, dit Jo.

— Ils s'appellent papa et maman pour leur chien. Maman va te gronder, papa a dit pas sur le canapé.
— Ils ont le droit, dit Nana.
— Absolument.
— Les gens ont le droit de vivre comme ils veulent.
— Je ne dis pas le contraire.
Au milieu du dîner, Serge reçoit un appel de Victor.
— Ah le voilà !... Victor !... Alors tu as vu ?...
Victor n'a rien vu. Serge nous le fait savoir par geste. Mine joviale, il se configure pour annoncer la bonne nouvelle.
— Bon. Eh bien c'est fait mon petit vieux, tu as un poste dans un cinq-étoiles cet été... Eh oui !... Ah, si tu regardais tes mails tu saurais de quoi je parle... Tu as dit à ta mère que tu n'avais pas de réponse du chef du Walser, j'ai pris les choses en main, j'ai relancé, le type te prend ! Maintenant tu vas te dépêcher de répondre et de remercier. Tu peux aussi me remercier en passant si ça te vient... En Pologne. À Auschwitz... Comment ça ?... Comment ça ?!...
Ça ne l'intéresse plus ! nous informe Serge en aparté avec un masque de stupeur et de réprobation spécialement destiné à Nana.
— Ça ne t'intéresse plus ?!... Parle français ! Parle français Victor !... Un fast-food fusion ? Qu'est-ce que c'est ?... Je ne comprends rien, je ne sais pas ce que c'est un *bao* ni l'autre truc, je ne connais

pas ces choses… Un projet personnel ! (Il prend une tête ahurie à notre intention.) Qu'est-ce que c'est que ça ? Tu as encore de la morve au nez et tu me parles de projet personnel !… Mais tu as toute ta vie mon petit pour te lancer dans des conneries personnelles !… Parce que ta mère m'a pressurisé !… Je me démène, je te trouve le job qui va t'ouvrir les portes et tu m'annonces que tu as un autre programme ?…
— Je ne l'ai pas pressurisé, dit Nana.
— Écoute-moi Victor, écoute-moi, si tu ne vas pas travailler au Walser House cet été tu peux m'oublier. Ne compte plus jamais sur moi pour t'aider en quoi que ce soit, tu entends ?… C'est ça, très bien !
Il balance le portable sur la table. Nana le récupère. Allô ? Mais Victor a raccroché.
— Ça ne l'intéresse plus, dit Serge d'une voix plate et sombre. *Bao* périgourdin… C'est quoi ce fast-food absurde qui va ruiner son père qui n'a déjà pas un rond ?
— Je ne t'ai pas pressurisé.
— Si. Vous m'avez tous pressurisé.
Il a vidé son verre. S'en est suivi un silence pénible.
— Il m'a coupé l'appétit ce con. Je me décarcasse et pendant ce temps il a un projet personnel ? Tu crois qu'il m'aurait appelé pour me dire, tonton Serge j'ai un projet personnel que je vais peut-être mettre en route cet été ?

— Un fast-food fusion c'est une bonne idée, dit Jo.
— Elle sait ce que c'est elle aussi ! De quoi j'ai l'air devant le chef ?
— Il a mis deux mois pour répondre, ose Nana.
— Bien sûr ! Tu crois qu'il n'a que ça à faire ce type ? À ton avis ? C'est déjà très gentil de s'en occuper lui-même.
— Je n'aurais pas dû te demander de le relancer. C'est de ma faute.
— Arrête de le surprotéger. Il est mal élevé cet enfant. Il n'a aucun sens des autres. C'est tout. Tu sais comment il a réagi ? « Je ne suis plus libre. » Parfaitement décontracté. Pas « je suis désolé », pas « merci beaucoup tonton mais... » Non, rien. *Je ne suis plus libre.* Un ministre.
— Il va s'excuser.
— Je n'ai pas besoin d'excuses téléguidées.

Nous étions allongés tee-shirts et jambes nues sur nos deux lits jumeaux, séparés par une table de nuit. C'est moi qui maniais la télécommande. CNN, Bolsonaro, des types en grève à Varsovie, un *Danse avec les stars* polonais, une météo polonaise...
— Zappe ! Pourquoi tu t'arrêtes là-dessus ?
— La fille est bien.
Un téléfilm, des variétés, un match de foot...
— Lodz-Bialystok on s'en fout !
— Pas moi.

— Donne la télécommande, *Rambo III*, laisse, laisse !
— Il est nul.
J'ai éteint.
— J'ai envie de lire.
— Il y a des knickers dans le minibar, a dit Serge.
— Tu as confiance en Chicheportiche ?
— Aucune. Tu lis quoi ?
— *Les Naufragés et les Rescapés* de Primo Levi.
— Pas lu.
— Moi non plus.
Il y a eu un moment de silence.
— On ne peut pas dire qu'on a posé beaucoup de questions, a dit Serge.
— Non.
— À aucun des deux. Pas la moindre curiosité.
— Non.
— On s'en foutait en fait.
J'ai réfléchi au mot et j'ai dit oui. C'était vrai. On n'a jamais pensé qu'on devait s'embarrasser de l'histoire familiale. D'un autre côté, nos parents eux-mêmes n'imposaient-ils pas le silence sans le dire ? Toutes ces histoires dépassées, qui les voulait ? J'ai dit, papa aurait peut-être apprécié qu'on s'y intéresse.
— Possible, a dit Serge.
De temps en temps, je pense à mon père et me vient une sorte d'attendrissement. Il est possible que ce soit encore une de ces nostalgies de soi-même et du temps révolu. Quand j'ai vu *Shoah*

une scène m'avait fait penser à lui. Un rapprochement complètement détaché de l'histoire et de sa gravité. Lanzmann interroge le coiffeur Abraham Bomba, chargé de couper les cheveux des femmes juives et de les rassurer avant leur entrée dans les chambres à gaz de Treblinka. Filmé dans son salon de coiffure à Tel-Aviv, Bomba décrit tout le processus minutieusement avec une voix de stentor et très lente. Pendant ce temps il coupe non moins minutieusement, cheveu par cheveu, millimètre par millimètre, un homme d'une soixantaine d'années, s'efforçant à l'imperturbabilité, prisonnier jusqu'au menton d'une cape jaune (quel est ce client qui a accepté ce rôle ? Au bout d'un moment, on ne regarde que lui). Quand il évoque la survenue d'amis de son village, Bomba ne peut plus parler. Il continue de coupoter dans le silence, s'essuie le visage, les yeux... Lanzmann lui dit de ne pas s'arrêter. Bomba répond qu'il ne peut pas. Il dit *Ne continuez pas ça, s'il vous plaît.* Il dit ces mots sur un ton normal, je veux dire du point de vue du volume sonore. Je comprends alors qu'il déclame et hache ses phrases pour être bien sûr de pénétrer dans la caméra et dans le micro. Il ne fait pas confiance à la technique. Il est comme notre père, revenu à la maison avec une caméra Canon 814 super 8 dans une sacoche en bandoulière. En dépit des heures passées rue Lafayette à la Maison du cinéaste amateur il croyait encore devoir épauler le matériel cinématographique en

obligeant ses sujets à bouger constamment et à parler le plus fort possible. Cette naïveté d'Abraham Bomba qui me rappelait mon père m'a ému plus que son récit.
Serge s'est relevé pour retourner l'abat-jour de la lampe sur la console. La couture (ou le collage) verticale d'un abat-jour ne doit jamais se trouver dans son champ de vision. Il ne peut supporter cette rupture d'harmonie. Où qu'il soit, en dépit de l'acrobatie ou du ridicule, son esprit n'est en paix que s'il a opéré la correction. Ensuite il a farfouillé dans sa valise et est revenu se coucher avec *Le Blasphémateur* de Singer. Chacun avait emporté son fragment d'histoire juive.
Pendant un moment il a fixé le plafond, et il a dit, il n'ira nulle part ce Victor.

Je n'avais pas dormi dans la même chambre que lui depuis l'adolescence. Serge dormait en chien de fusil tourné vers le mur de la salle de bain. En revenant d'aller pisser j'ai eu furtivement l'élan de me mettre sous ses draps et de me coller à lui comme je le faisais à Corvol, apeuré dans la solitude du dortoir. Il ne se réveillait même pas et on se retournait ensemble comme des amants. Soudain, les hommes vieillissent et s'éloignent.
Le silence est total dans cet Imperiale. Chez Primo Levi, le froid revient sans cesse. Même dans un livre qui se présente comme une réflexion et non

un témoignage, il y a le froid, la pluie, la neige. Demain il n'y aura ni froid ni boue ni hiver. Je le regrette comme n'importe quel touriste regrette de ne pas effectuer sa visite dans les conditions optimales.

Comme prévu grand beau. Des Israéliens enveloppés dans leur drapeau font un genre de ronde au milieu des cars.
Au petit matin, compressés dans la foule à l'entrée balisée du camp I, on s'engueule déjà. Je ne suis pas la responsable de ce voyage, s'énerve Nana à qui on reproche de devoir faire la queue, vous êtes responsables au même titre que moi.
— Montre la feuille de route à la femme !
Mais tout le monde veut passer devant parce que tout le monde a réservé et se croit prioritaire. On nous met dans une file un peu plus dynamique (on gagne un mètre cinquante). Barrières, passeports, portique de sécurité. La plupart des hommes sont en short, des femmes aussi. Ils cherchent leur groupe. Quand on sort du bâtiment d'autres Israéliens enveloppés errent sur le terre-plein arboré. On achète au kiosque deux guides du camp que Joséphine s'approprie. On s'avance dans l'allée, on découvre *Arbeit macht frei* le portail enfantinement courbe sous lequel une classe pose et que le groupe suivant attend de pouvoir photographier. Au-delà, les bâtiments en brique de la caserne. De grands

arbres (depuis quand là ?), de l'herbe sur les bas-côtés. Les poteaux électrifiés, les barbelés. Nous étions à Auschwitz.

Notre premier élan a été de nous diriger où ça nous semblait quelque peu désert. C'est ainsi que nous sommes allés droit à la chambre à gaz. Une curieuse construction basse, sinistre, à l'écart. Des gens abattus et silencieux en sortent sans discontinuer (d'où était venue cette impression de non-fréquentation ?). Des groupes surgis d'une allée arrière y entrent. Nous nous faufilons parmi eux, sauf Serge attaqué par la claustrophobie. C'est immédiatement oppressant. Précipités dans une grotte obscure, collés à des gens en tenue de semi-plage, débardeurs, baskets colorées, shorts, combi-shorts, robes florales, nous nous acheminons à pas minuscules sous un plafond bas vers la station macabre. À travers le grillage grossier d'une ouverture, dans un mince filet de soleil et de poussière, j'aperçois Serge dehors dans son costume noir, tourniquer sur lui-même en regardant les grappes s'engouffrer, fouettant la terre sèche avec ses chaussures de montagne. J'ai perdu de vue les filles, happées dans le flot.
Nous traversons la salle de gazage où les murs sont rayés de traces de griffures que tout le monde prend en photo, nous traversons la salle de crémation, nous voyons derrière un cordon les fours, les rails, les chariots métalliques reconstitués à partir

de matériaux originaux (je l'ai lu sur le panneau en sortant) et nous sortons aspirés par la lumière et la frondaison des arbres.
Avec un visage décomposé, Nana dit à Serge, tu devrais y aller.
— Je ne peux pas être dans une foule.
— Les traces des ongles sur les murs, c'est indicible.
Serge a allumé une cigarette. Joséphine nous a rejoints.
— Les traces sur les murs, c'est terrible non ? dit Nana.
— Terrible, dit Joséphine en prenant quelques photos de l'extérieur du crématorium.
Elles vont dire terrible, indicible, etc. à tout bout de champ ? me suis-je demandé. J'ai décidé de ne pas me laisser énerver trop vite par elles. Nous nous sommes engagés dans l'enceinte du camp.

L'idée maîtresse de ce périple – je peine encore à me l'approprier – était, pour le dire avec la componction de notre époque, d'aller sur la tombe de nos parents hongrois. Gens que nous n'avions jamais connus, dont nous n'avions à ce jour jamais entendu parler et dont le malheur ne semblait pas avoir bouleversé la vie de notre mère. Mais c'était notre *famille*, ils étaient morts parce que juifs, ils avaient connu le sort funeste d'un peuple dont nous portions l'héritage et dans un monde ivre du mot mémoire il paraissait déshonorable de s'en

laver les mains. C'est en tout cas comme ça que je comprenais l'implication fiévreuse de ma nièce Joséphine. J'essayais de me souvenir des liens qu'elle avait pu tisser avec notre mère. Notre mère s'était appliquée à n'être le maillon d'aucune chaîne, Joséphine avec ses cheveux remontés en ananas semblait animée du désir contraire. Passant devant le block 24a, quand nous n'avions pas encore neutralisé ses velléités d'éclaireur, elle nous a informés qu'il s'agissait du bordel puis elle a commenté le panneau sur l'orchestre du camp. J'ai dit, tu as mis des faux cils même aujourd'hui ? Ils sont permanents, a-t-elle répondu.
Les arbres m'obsèdent. Ils sont partout. Bien plantés, bien alignés. L'herbe aussi me trouble, les longs parterres proprement tondus. Le grand chêne à l'entrée devait exister. Quelle taille pouvait-il avoir au temps du camp ? Les autres, ces présences aimables et décoratives, ont été plantés. Par qui ? À quelle fin ? Il faut un effort mental pour faire coïncider la représentation du *Todeslager* avec le décor dans lequel nous évoluons. J'éprouve la même déception que devant un tableau préféré dans les livres.

On déambule tous les quatre éparpillés dans les allées. Deux filles en short fleuri marchent au-devant. Leur queue-de-cheval se balance à chaque pas. Je me sens plus proche de ces filles, ai-je pensé, que des Israéliens en toge avec leur drapeau. Ce

kitsch nationaliste m'exaspère. On doit palabrer avec Serge pour qu'il accepte de rentrer dans les blocks 4 et 5 qui constituent le Museum. Une foule. On étouffe et avance à peine dans des couloirs organisés en circuit. Il fait deux tentatives avortées. Joséphine le récupère sur le perron. Papa, fais un effort. Tu n'es pas venu jusqu'ici pour te promener.
— Je ne peux pas être là-dedans.
— Essaie papa.
— Je connais tout ça, j'ai déjà vu tout ça.
— Viens avec moi. S'il te plaît.
Elle le tire par la main. Il se laisse traîner dans la file, endurant l'accablante proximité où flottent des effluves de crème solaire. Lorsqu'il arrive à la hauteur de Nana de l'autre côté du cordon, il dit, accablé, qu'est-ce qu'elle veut de moi ? Qu'est-ce qu'elle veut de moi cette enfant ?

SS avec mitrailleuses, personnages armés de gourdins, chiens précipitent sous terre les damnés. Les centaines de figurines blanches de la maquette des crématoires de Birkenau s'entassent dans le long vestiaire et la chambre à gaz. Nous passons en silence (et avec quelles pensées ?) devant les vitrines d'attelles, corsets, lunettes, gobelets, gamelles, tasses, brocs, mer profonde de coquillages colorés, valises, chaussures (on mettait déjà des compensées, dit Nana devant une bottine détachée du lot), brosses à cheveux, à dents, boîtes de cirage, innombrables objets silencieux et intimes qui ne s'attendaient pas à devenir pièces de musée. Et nous nous arrêtons, sans savoir si c'est la métamorphose ou le gigantisme qui trouble, devant les cheveux qui occupent tout l'espace derrière la vitre et qu'on ne dirait jamais être des cheveux, derniers restes humains couvés par les scientifiques pour ne pas tomber en poussière, et que rien ne destinait à devenir cette masse houleuse et grise de chanvre, ce nid interminable.

Nous sommes assis Serge et moi sur les margelles de pierre qui bordent les marches du block 10. Le bâtiment est fermé au public. Joséphine nous lira sur son dépliant que c'était celui des expérimentations médicales. Serge fume. Les filles reviennent des toilettes. Joséphine dit que le block des toilettes est celui du pavillon hongrois mais qu'il faut rentrer par l'autre côté. Elle dit que l'exposition française est à côté. Elle demande ce qu'on préfère : voir l'exposition française en premier ou l'exposition hongroise en premier ? Elle propose de voir l'exposition française en premier. Mais de toute façon, dit-elle, nous devons d'abord visiter la prison, le block 11, le block de la mort qui est le pire block car c'est le block de la torture avec le mur des exécutions. Elle dit à son père qu'elle ne pense pas qu'il ait le droit de fumer dans le camp, elle l'a lu dans le hall d'entrée. Elle dit, c'est dingue, dans les WC, il y a une table à langer ! Tu crois que des gens viennent ici avec des bébés ? Elle dit que des centaines de femmes ont servi de cobayes à des expérimentations de stérilisation dans le block où nous sommes assis. En mille neuf cent quarante-trois, nous lit-elle, le gynécologue allemand Carl Clauberg…

— Arrête ! Jo ! Tu nous saoules !

— Qu'est-ce qui t'arrive ? Tu nous épuises c'est vrai !

— J'essaye de rendre cette visite un peu dynamique.

— C'est peine perdue.

— Ils sont cons, dit Nana.

— Tu n'as pas chaud mon papounet avec ce costume ?

— Si. Mais je ne me plains pas à Auschwitz.

Je fais un infarctus, me dit Serge dans la cour du mur des exécutions, j'ai une enclume sur la poitrine et j'ai la tête qui tourne. La cour est envahie. Lorsqu'un groupe quitte le lieu, un autre surgit. Des grappes casquées et dénudées entrent et sortent par la porte latérale du block 11. Une offensive sans fin. L'accès au block est impossible. Sortons de là, je dis. Je l'attrape par l'épaule et tente de l'entraîner hors du préau surpeuplé tandis que Nana dessine de grands gestes pour nous attirer à l'intérieur de la prison. Nous marchons vite le long des bâtiments. Rasant les murs rouges, les

soupiraux. En fait c'est lui qui marche vite en farfouillant dans ses poches. Je dis, tu n'as pas de crise cardiaque si tu marches à cette vitesse.
— J'ai la mâchoire en ciment, c'est un signe.
— Mais non.
— J'ai des fourmis.
— Arrête-toi deux secondes.
— Je crois que je deviens dingue. Hier en traversant, la rue Marinoni s'est inversée.
— Qu'est-ce que tu cherches ?
— Le Xénotran.
Il trouve la plaquette. Il avale deux cachets bleus. Il s'éponge avec un mouchoir en tissu. Je dis, enlève ta veste tu étouffes dans ce costume.
— Pas question.
Autour, un espace vide bordé de constructions basses. On s'assoit dans un coin d'ombre, presque au sol, sur une bordure de pierre. On entend des oiseaux.
Après un certain temps, il dit, si je deviens dingue un jour tu m'abats.
— Promis.
— Si le corps fout le camp tu m'abats. Un cancer, un stroke tu m'abats.
— Tu me diras le bon timing.
— Immédiatement.
— Tu fumes avec un infarctus ?
— Ta gueule.
Devant nous il y a la guérite d'appel. Au sommet de son toit une fine girouette de métal. Me

reviennent les récits d'interminables attentes debout, en haillons par gel, vent et nuit mortelle car le matin était la nuit. Le panneau dit sobrement *During inclement weather.* Elle n'est rien cette guérite, une drôle de cabane forestière en bois. Une femme asiatique en poncho d'été et sabots en caoutchouc troués comme on en voit sur les plages s'est écartée de son groupe pour poser devant avec sa perche à selfie. Elle s'est composé un aimable demi-sourire dont elle affine le dosage selon les prises.

Elle n'est rien cette guérite, me suis-je dit, et cette place où se sont tenus tant de squelettes pétrifiés n'est plus rien non plus.

Mon portable sonne. Où êtes-vous ? demande Nana.

— Quelque part.

— On sort de la prison. C'est atroce.

— Ah bon.

— Des tombeaux. Tu mourrais de suffocation. Comment des hommes ont pu faire ça ? C'est inconcevable.

— Si, c'est concevable. Et ça se fait encore tu sais.

— Pourquoi tu es désagréable ?

— Fais un tour en Syrie ou au Pakistan. Vous allez où maintenant ?

— Au pavillon français. Block 20.

— On vous rejoint.

— Elles vont où ? dit Serge.

— Au pavillon français.
— Elles sont frénétiques.

Est-ce le jour, la nuit ? La neige a laissé sa trace partout, sur les traverses du chemin de fer, sur les remblais de terre. Elle habille la toiture noirâtre de centaines de pointillés blancs comme une dentelle géométrique. Dans une salle sombre de l'exposition française, projetée en grand sur un mur, cette photo du portail d'entrée de Birkenau, un crépuscule noir et blanc un peu rougeoyant, prise de l'intérieur du camp au milieu des rails. À hauteur du ciel et du poste de garde vitré l'espace est barré de fils électriques et de fils barbelés. Le long de ces portées sinistres on peut lire en lettres blanches brillantes et glaciales comme la diapositive elle-même « Vernichtungslager ». « *Toi qui sais l'allemand qu'est-ce que ça veut dire ?* » « *Nicht, c'est : rien, néant. Vers le rien, vers le néant. Cela veut dire camp d'anéantissement.* » *Dans Charlotte Delbo, Le Convoi du 24 janvier.*
En une seule image, l'allégorie de la désolation happe le visiteur. Supériorité des images sur le réel. Le réel a besoin d'interprétation pour rester réel.
Joséphine essaie d'avoir dans son viseur le mur entier.
Serge s'applique à ne pas être à notre rythme. On le rattrape devant l'ordinateur contenant les noms des déportés français. Il n'a trouvé personne. Aucun Malkovsky ne correspond à Sacha, les Hopt

sont de Lyon, Armand Alcan le grand-père de Jacky n'y est pas. Il dit, nulle cette base de données.
— Tape Mathilde Pariente, demande Nana.
Serge libère l'écran et part.
— Qu'est-ce qu'il a ? Il me fait la gueule ?
— Mais non.
— Il ne m'adresse pas la parole depuis ce matin.
— Moi aussi j'ai quelqu'un, dit Joséphine.
C'est un jeu. Moi aussi je cherche des noms, des noms de juifs français. J'en trouve. Mais je ne suis pas certain qu'ils correspondent à ceux que je connais. Je suis presque déçu.

Souviens-toi, est-il écrit sur le panneau. *Souviens-toi. Près de soixante-quinze mille juifs ont été déportés de France dont plus de onze mille enfants.* On entend un curieux bruit de train entre deux salles... (des concepteurs ont dû se dire : dramatisons discrètement la visite avec un bruit ferroviaire). Des dizaines de photos d'enfants, leurs noms, leurs dates, leur histoire sur cinq lignes, Martha et Senta, les filles d'Izieu dans leur beau manteau à boutons dorés, Bernard Edelstein 37 rue Mathieu à Saint-Ouen, Édith Jonap, internat de Limoges, Simon Abirjel 15 rue Clavel à Paris 19e arrondissement, Lucien, arrêté à Vouvant en Vendée... Tu regardes leur visage, leur nom, leur coiffure soignée, tu observes que rien dans leur attitude ne préfigure la courte existence, tu lis leur numéro de convoi, tu es attaqué par le sentimentalisme, tu pourrais presque dire comme ta sœur que c'est *indicible*, tu demandes pardon aux petits fantômes (pour le reste de l'humanité) et tu te sens meilleur durant trois minutes, mais quand tu retourneras au soleil, à la bagnole, de quoi te souviendras-tu ? Et même si tu te souvenais ?

Dehors, coup de fil de Paulette. Maurice est ressuscité. Ils ont fêté la veille l'anniversaire de l'infirmière du soir.
— On a fêté les trente ans de Iolanda, dit Paulette, c'est sa chouchoute tu sais. Maddie (la troisième femme de Maurice) était là et les concierges sont montés. Eh bien, crois-le ou non, Maurice a bu son petit champagne, il n'a pas voulu son sandwich au saumon mais il a aimé sa feuille de chou farci, il n'aime plus le saumon, tu n'aimes plus le saumon Maurice ? Il dit non, il change de goût, je te le passe. Tu verras, ce n'est pas encore du français fluide mais on est sur la bonne voie. Je te passe Jean !... Jean ! hurle-t-elle.
— Allô ?
— Maurice ? je dis (ou crie).
— C'est toi ?
— Oui c'est moi Maurice.
— Ah tant mieux !... (bruits violents d'expectoration)... Les Tziganes qui rentraient dans... dans l'oulipol tu t'en souviens ?
— Dans « l'oulipol » ?

— L'ouli... l'oulibolchoï oui... par, parce que... (il me semble entendre quelques mots de russe)... tu t'en souviens ?
— Oui je m'en souviens.
— Bon. Parce que je ne pense pas que je verrai mon âme.
— Non.
— Ha ha ha.
— Ha ha ha.
— Il est mieux non ? dit Paulette qui a repris l'appareil.
— Je trouve.
— Il veut reconduire, c'est bon signe.
— Pas pour tout le monde.
— Et encore, au téléphone il n'est pas à l'aise, il faudrait revoir ses oreilles je crois qu'elles ne sont plus très adaptées, il y a un fil qui pend... (j'entends un grognement). Si, Maurice le fil pend ! Mais je me désintéresse de ton audition !
— Il parle un peu russe aussi.
— Oui. Il parle russe. C'est sa langue natale qu'est-ce que tu veux.
— Bien sûr.

Au volant Maurice a toujours été un danger public. Un jour je lui dis, Serge m'a dit qu'il avait un peu peur en voiture avec toi maintenant.
— Ah bon ? Pas moi.
— Non, mais lui oui.
— Ah bon.

— Il m'a dit que tu avais grillé un ou deux feux qui n'étaient pas nécessaires.
— Toute ma vie j'ai fait ça.

Serge m'attend. Tous ces gosses, quel gâchis, dit-il, le déclin de l'Europe vient de là. Ils ont tué l'âme vive de l'Europe. Les juifs qui restent ne valent rien. Regarde les cons qu'on a maintenant.
— Maurice remonte la pente, tu devrais aller le voir.
— Oui, oui. Tu as raison. Pourquoi je ne vais pas le voir ? Je suis dégueulasse.
— Il demande toujours de tes nouvelles.
— Nul. Dès qu'on rentre j'y vais.
Je l'entraîne à l'étage du block 18 où se trouve, dans une scénographie particulièrement ténébreuse, l'exposition hongroise. Il n'y a presque personne. Un couple au fond, deux ou trois errants, Nana et Jo avidement penchées sur des pupitres en plexiglas emplis de gravier de chemin de fer sur lesquels on peut lire l'histoire des juifs de Hongrie. Monticules graniteux et pierres transparentes jonchent le sol. Des assemblages confus de diapositives sont projetés sur les murs dans des cadres ovoïdes. Au centre de ce mausolée, un wagon conceptuel en plexiglas teinté. Sous la vitre qui le supporte, des rails et un ballast de cristaux transparents. Serge se dirige aussitôt vers une des rares fenêtres non occultées jouxtant le salopard Otto

Moll projeté en médaillon. Je fais un petit tour. Tiens, Clauberg, le gynéco. Tiens, Mengele et des nains hongrois. Et la salope de Maria Mandel, la SS supervisor. Ah, des gens du ghetto de Budapest ! Ces femmes en file indienne les mains levées. Voyons voir : une tante, une cousine ? Notre mère ? Je scrute les visages. Je suis à deux doigts de remarquer un air de famille. Je cherche aussi Zita. Zita Feifer née Roth dont toute la famille a disparu dans les camps et qu'on a laissée tomber depuis la mort de notre mère. Et puis dans le pêle-mêle des images chaotiques encore ces processions funèbres le long des rails. Une femme courbée en avant marche vers un crématoire avec son fichu, son gros manteau malgré le soleil et des bottes de pluie plates. Je la regarde longtemps. Elle ressemble à Nanny Miro qui nous gardait enfants. Une femme dont nous ne savions rien à l'époque sauf qu'elle était du Jura, un mot qui ne nous disait pas grand-chose non plus, et qu'on appelait Nanny à l'anglaise. Femme de la vie dure, corps enflé, je sens encore dans mes doigts l'étoffe épaisse du manteau.

Joséphine et Nana se déplacent comme des bonnes élèves d'un pupitre à l'autre. Vous pouvez lire tout ça tranquillement à Paris, je dis.

— C'est vrai, dit Nana, d'autant que tout est en anglais.

— Papou, qu'est-ce que tu regardes ?

— L'arbre.

— Tu t'en fous de l'expo ?
— Complètement.
— Tu pourrais quand même t'y intéresser un peu, dit Nana.
— Pourquoi ?
— Je n'aime pas quand tu es comme ça. Tu m'énerves.
— Regarde ces photos papa.
Joséphine lui a pris le bras et l'a entraîné vers les deux grands panneaux qui closent toute l'installation. Une jeune femme originaire de Budapest pose, agréablement potelée, en bikini imprimé dans un décor balnéaire avec sa fillette et son mari. Sur l'autre panneau, elle tient à peine debout arrimée à des barreaux de lit. Elle est méconnaissable, nue, totalement décharnée et il lui manque des plaques de cheveux. La légende précise qu'elle sort de Bergen-Belsen et s'appelle Margit Schwartz. Un an sépare les deux photos. La première a quelque chose d'irréel. L'agencement des baigneurs au second plan, les branches de palmiers protéiformes ressemblent à une toile de fond. Serge reste longtemps devant ces deux images. À quoi pense-t-il ? Lui qui sait être épuisant est aussi un génie du silence. Je le trouve élégant dans son costume. Il s'est mis sur son trente-et-un. Même les chaussures du Vieux Campeur sont chics.
Je me demande qui a donné ces photos au musée. Est-ce Margit Schwartz elle-même ? Je sais pour

l'avoir vérifié qu'elle et sa fille ont survécu. Et le mari en maillot sombre ? On ne trouve rien sur lui.

Nouvelle errance dehors dans les allées du camp. *Souviens-toi.* Mais pourquoi ? Pour ne pas le refaire ? Mais tu le referas. Un savoir qui n'est pas intimement relié à soi est vain. Il n'y a rien à attendre de la mémoire. Ce fétichisme de la mémoire est un simulacre. Quand le président avait fait son ineffable *itinérance mémorielle,* un chauffeur de taxi m'avait fait ce résumé « Hier soir j'ai vu le reportage à Verdun. On leur dit quinze mille morts sous vos pieds, les boyaux à l'air ! Les touristes extasiés. Ils viennent avec leurs gosses : grand-papa s'est battu pour toi. Pour moi ? Et comment il me connaît ? dit le gamin. »
Ces rangées omniprésentes de peupliers ! Elles doivent présenter une aridité plus décente en hiver. Elle est propre cette caserne, quadrillée, entretenue. C'est un musée. Une parcelle de limbes réorganisée pour le visiteur contemporain. Un geste noble qui opacifie.

Soixante-quinze ans que les chambres à gaz se sont arrêtées, dit Joséphine. Novembre 44.
— Laisse-nous déjeuner deux minutes.
Dehors, sous l'auvent du parking de l'Impériale, toutes les tables sont occupées. Une clientèle exubérante de Polonais et d'Américains. Une fille nous apporte les cafés. On a demandé des cure-dents. Il n'y en a pas. À la place Nana revient avec une

poignée de biscuits secs. Je songe parfois à me faire combler les dents, dit Serge.
— C'est-à-dire ?
— Me faire un râtelier en cipolin. Un truc plat, sans interstices. Je vais buter le type qui hurle derrière moi.
— Papa détends-toi.
— J'arrive à un âge où ça me ferait du bien d'occire. En trident. Ou à la dague comme les baïonnettes de fusil Lebel.
— Comment ça se fait qu'il fait si chaud ? dit Nana. C'est le réchauffement climatique ? Je suis déçue par l'exposition hongroise.
— Tu attendais quoi ?
— Vous savez que les barbelés sont faux ? On les remplace tous les dix ans en imitant le modèle des nazis...
— Pose ce guide Josèphe.
— Ils sont fabriqués exprès sombres... Les pylônes sont d'époque mais ils se rouillent...
— Jo !
— Elle comble des années d'ignardise, dit Serge.
— Trop aimable.
— Et maintenant elle sait dire Auschwitz.
— Auschwitz.
— Bien. Maintenant : Majdanek, Sobibor...
— Majdanek, Sobibor.
— Chelmno...
— Je vais prendre des leçons de judaïsme.
— Ça nous manquait, je dis.

— Non, c'est très bien ! Bravo ma fille.
« *Looking for a dentist...* », je lui glisse à l'oreille.
Serge rit.
— Quoi, quoi ? demande Nana.
— Ne te bourre pas de biscuits papou.
— Enlève-moi ça. Je faisais un régime et elle apporte des biscuits !
Nana s'esclaffe, tu faisais un régime ? Ha ha ha.
— Qui va financer le fast-food de Victor ? Vous ? dit Serge.
— Je ne vois pas comment.
— Il a bien un petit bas de laine le Ramos ? Sous une latte de parquet ?
Je ris (et approuve).
— Ramos travaille plus que n'importe qui autour de cette table, dit Nana d'une voix de givre.
— On n'en doute pas !
— Pourquoi vous riez ?
— Il travaille dur c'est sûr. Manier les allocations, les contrats temporaires, les indemnités, c'est un vrai boulot...
— Qui exige de vraies compétences ! je dis.
Serge simule un petit numéro de jonglage.
— Ah zut, la prime de précarité est tombée !...
Il se baisse pour la ramasser.
— Ha ha ha !
— À moins que la cagnotte ne serve à payer les traites de la cabane à Torre-dos-Moreno ?
— Ce n'est pas du tout une cabane ! s'écrie Nana.

Nous rions de bon cœur.

— Une cabane avec trois planches sur du sable parsemé d'arêtes de poisson ! s'enchante Serge.

— Ha ha ha !

— Arrête papa, tu es bête.

Nana est la seule à ne pas rire.

— Donne des leçons de vie Serge. Tu es sûrement le mieux placé pour ça.

— Je suis le dernier à pouvoir donner des leçons de vie. Mais quand même sache que j'attends ses excuses.

— Tu as dit hier soir que tu n'avais pas besoin d'excuses.

— Ses excuses plates. Il serait grand temps qu'il ait une éducation ce garçon.

— Redonne des biscuits à ton père Jo, je dis.

— Allons à Birkenau, dit Joséphine.

Nana s'est murée.

— Allez-y sans moi.

Marion m'a appelé. Je lui parle déambulant aux abords du parking de l'Impériale où sont garées les voitures particulières. L'autre partie, vide la veille au soir, est occupée par une dizaine de cars. Nous sommes chacun dans notre coin, émietté notre petit quatuor sur ce sol gris et impersonnel en dépit du soleil où vagabondent en casquette et chapeaux de paille, entre les sacs et les valises, des arrivants courbatus.

Marion veut que je l'accompagne à la fête de l'école de Luc. Je n'aime pas ces fêtes. Ces atmosphères confinées de liesse oppressante. J'y étais déjà allé une fois à l'époque de la maternelle. Alignés sur le devant de l'estrade dans des chasubles de crépon rouge, les enfants chantaient une comptine. Luc fermait le rang les yeux tournés vers le vide pendant que les autres mimaient les paroles avec leurs mains. Par à-coups, comme voulant faire partie d'un corps, il récupérait un mot. On l'entendait dire à contretemps et à plat *par la fenêtre* ou bien *ouvre-moi*. Il faisait aussi de temps en temps les oreilles du lapin ou le toit de la maison quand les autres en étaient aux cornes du cerf. Sa bonne volonté me bouleversait. Marion riait. Je sais qu'elle ne riait pas pour de vrai mais la voie du rire était la plus commode. Moi je devais me retenir pour ne pas attraper le gosse et l'emporter loin de la salle et de toutes ces singeries. Elle est quand cette fête ? On a le temps, a dit Marion, c'est en juin, c'est pour que tu prévoies. J'ai demandé ce qu'il allait y faire. Elle ne savait pas. J'ai dit que j'irai. Et puis mû par la tentation du tourment, j'ai demandé, pourquoi tu n'emmènes pas l'Argentin ? Elle a dit, il n'est pas argentin et elle a ajouté, il m'énerve.

— Il t'énerve ?

— On ne va pas parler de ça au téléphone. Comment c'est à Auschwitz ?

— Pourquoi il t'énerve ?

— C'est pas grave. Vous êtes où là ?
— Sur un parking.
— Ça va ?
— Tout va bien.
Il l'énerve ! Je me suis mis au volant de l'Opel et j'ai klaxonné pour récupérer les membres de ma famille.

Birkenau ça veut dire « la prairie aux bouleaux », a dit Joséphine dans la voiture en quittant le parking. Ensuite plus personne n'a parlé. Aucun panneau n'indiquait le camp II. J'ai suivi les rails. J'ai quitté la route principale et me suis engagé dans des allées semi-désertes où on entrevoyait des pylônes de chemin de fer derrière des pans marécageux. Nous avons tourné en rond. Il n'y avait pas âme qui vive. Serge se laissait trimballer, le corps apathique épousant tous les à-coups, Nana boudait nez collé à la vitre, yeux rivés au paysage. Joséphine était la seule qui se préoccupait de notre errance. Ils ne vont pas mettre une route comme ça pour aller à Birkenau ! J'ai fait demi-tour. Nous avons traversé une zone plus boisée et nous sommes arrivés dans une clairière.
Sur la voie ferrée bien dégagée il y avait deux wagons comme perdus. Deux wagons attachés de bois et de fer, du modèle qu'on disait à bestiaux, avec portes barricadées, bien trop hauts pour en descendre normalement. Des fourgons d'une autre époque, trop modestes pour le paysage

d'aujourd'hui, si frêles sur leurs roues qu'on aurait dit d'anciens jouets suisses. J'ai arrêté la voiture. Joséphine et moi en sommes descendus, suivis par Nana. Nous étions aussi seuls que ce pauvre attelage. Nous avons longé la voie, il y avait quelques bougies alignées et des plaques commémoratives. Sur le lit de pierres sombres, un caillou blanc sur lequel quelqu'un avait écrit au feutre *Past or Future ?* Le ciel s'était couvert par endroits, noir comme avant un orage. Viens papa, a crié Joséphine. On a entendu un train de marchandises qui passait derrière les arbres. Un son d'autrefois dans le silence laineux de la campagne. Mais de quel autrefois ? me suis-je dit. L'esprit fabrique d'illusoires correspondances. Au temps où ce lieu servait de quai, il n'y avait aucun silence, il n'y avait que chaos et vacarme lugubre. Les lieux trahissent. Comme les objets. Papa viens voir ! C'est la *Judenrampe* !
Juste en face des pavillons bordent la route. L'un d'eux a des murs ocre et un toit rouge. Dans son grand jardin il y a une profusion d'attractions et d'arrangements miniatures. Portique, balançoire, toboggan, cabane, fleurs, sapins de la taille de Noël, moulin en bois, moulins à vent colorés accrochés aux rambardes. Un mini-Neverland admirable par tous, et qui de par son inoffensif grillage bas offre aux enfants dont on suppose l'existence une vue impeccable de la voie ferrée,

des deux wagons égarés dans l'avenir comme une guirlande de fond.
Sors de la voiture papa, c'est la *Judenrampe* !
— Laissez-moi.
— Cinq cent mille déportés sont arrivés là !
— Je m'en fous.
— C'est le pire endroit du monde papa !
— Je suis attaqué par des bêtes.
— Eh ben, sors !
— Non.
— J'ai envie que tu voies les choses avec moi.
— Je reste dans la voiture.
— Laisse-le ! S'il a envie de rester dans la bagnole qu'il reste, dit Nana. Je ne sais pas pourquoi tu as voulu emmener ton père. Il nous gâche la journée, il pourrit la visite. C'est incroyable qu'on soit seuls. Pourquoi les gens ne viennent pas ici ?
— Tant mieux, je dis.
— Oui, mais quand même.
Qui sont les habitants de cette maison ocre ? Pourquoi n'ont-ils pas élevé une palissade ou planté quelques arbres en rempart ?
Joséphine a ouvert la portière et tente de faire sortir son père. Elle le tire en s'arc-boutant. Il résiste. Elle est forte. Il doit lutter pour tenir bon. Il se met à rire.
Papa pourquoi tu fais ça ?! s'écrie-t-elle. Elle gémit, pliée en deux, sa coiffure en ananas lui recouvre le visage. Elle n'arrive pas à le sortir et lâche prise. Nana accourt. Joséphine est rouge et boursouflée.

Elle dit en pleurant, je le hais ! Je te hais ! lui lance-t-elle. Serge claque la portière pour se réenfermer. Nana tente de prendre Joséphine dans ses bras. Joséphine se dégage et part en reniflant vers des murs en ruine (qui s'avéreront être les vestiges d'un entrepôt à pommes de terre). Ce que tu peux être con ! dit Nana en frappant la vitre de l'Opel.
Je retourne m'asseoir au volant. Serge fume. Je dis, c'est la *Judenrampe*.
— C'est quoi la *Judenrampe* ? Vous me faites chier avec la *Judenrampe*.
— C'est là où les juifs sont arrivés en grande majorité.
— Bon. Je la vois. Je vois tout ça de la bagnole.
— Je te dis juste ce que c'est.
— Elles font chier à vouloir bouffer du malheur toutes les deux.
— Tu pourrais être plus gentil avec Jo.
— C'est une obsessionnelle. Hier l'académie de sourcils, aujourd'hui l'extermination des juifs. Tout le monde doit rentrer dans ses délires. En dehors de ça c'est une fille qui ne donne pas signe de vie sauf quand elle veut de l'argent ou un appartement.
— Arrête.
— Le petit Tune là, Ilan Galoula, il a pris peur. Je le comprends.
— Vous en êtes où avec l'appartement ?
— Nulle part. Je suis raide et je me vois mal demander à Valentina de rester caution.

Plus loin, Nana est au téléphone. Elle va et vient le long des rails. Quand je regarde la scène par la vitre de l'Opel, elle m'apparaît insignifiante et sans texture. Pourtant, lorsque nous rentrerons de ce voyage et que je m'en souviendrai, c'est cette image qui s'imposera à toutes les autres. Ma sœur avec ses bottines trop épaisses et sa besace rouge en travers du corps, marchant la tête penchée et les épaules crispées le long de la voie devant les deux wagons perdus. Je reverrai les deux crochets à chaque extrémité de l'attelage, les grandes roues comme des roues de charrette. Les arbres en arrière-plan, le gravier, la voie déserte. Lorsque je relirai des livres, au mot *Judenrampe*, je verrai Nana au téléphone passer seule devant les vieux wagons de bois avec leurs barres de ferronnerie.
On va rester là mille ans ? dit Serge. Quel est le cinglé qui a fait cette baraque ?
Je pars récupérer Joséphine. Elle aussi est au téléphone. Elle me suit maussade. Elle photographie la ruine (à ce stade elle croit que c'est un vieux rempart du camp II). Elle photographie (pour la cinquantième fois) les wagons, elle photographie le pavillon ocre. Elle photographie tout sans arrêt depuis ce matin. Qu'est-ce que tu vas faire de toutes ces photos ? Elle hausse les épaules.

Le camp de Birkenau est immense. D'une immensité vertigineuse. Au-delà du portail on entre dans un lieu dévoué à la mort. L'évidence de cette attribution saute aux yeux. C'est elle qui est vertigineuse. Aucun faux-semblant. Les rails vont droit à la mort. Toutes les routes y mènent tôt ou tard. À Birkenau le projet industriel d'anéantissement est flagrant. Toutes les activités humaines et les espaces qui ont pu les abriter sont au service de la mort.

À Birkenau il n'y a rien d'autre à faire que marcher. Nous marchons au-devant des collines. Des rayons de soleil percent encore. Sur la rampe, un homme joue à lancer dans les airs un enfant.

De temps en temps surgit un gardien de la sécurité en gyropode. Une sorte de culbuto supersonique en chemisette bleu clair à manches courtes qui franchit une porte barbelée et disparaît derrière une baraque.

Nous marchons le long des rails. Les rails construits pour réceptionner les juifs de Hongrie. À peine sortis du train les juifs hongrois suivaient en colonne le même chemin droit vers la chambre à gaz. J'essaye de voir ce qu'ils voyaient. Mais rien ne se laisse voir. Ni l'infinie étendue herbeuse. Ni les décombres. Ni les baraques propres et spectrales. On entend quelque part une tondeuse à gazon. Un vent de pré-orage apporte une odeur de montagne.

Nous marchons sur un chemin qui n'appartient à aucun temps. Et nous-mêmes sommes dans l'ignorance de ce qui nous y a conduits. Je vois le corps de mon frère. Le costume du dimanche et les cheveux gris. Il me semble moins solide. On dirait qu'il claudique un peu. Il ressemble au père remontant la rue Méchain veste trop épaulée et pans flottants. Je l'avais accompagné à l'hôpital Cochin à peine deux mois avant sa mort. Un rendez-vous inutile et absurde pour faire vérifier sa prostate par un ponte ami d'un supérieur de Motul. Mon père s'était sapé pour faire bonne impression. Le bâtiment était quasi désert car Mitterrand venait d'y être opéré. En sortant, nous avions été cernés, micros tendus, par un groupe de journalistes qui faisaient le pied de grue. Il va bien, avait dit mon père avec un air entendu, sans attendre la moindre question, le « Patient » va bien. Bonne soirée messieurs. Et fort de son statut de visiteur exceptionnel, il s'était écarté avec une aimable condescendance. Il avait remonté la rue Méchain flottant dans le costume trop large, ravi que sa voix ait sonné assez fort, ravi d'avoir estompé la mort et semblé un intime du président. Je ne pourrais dire qu'il boitait mais son corps aussi penchait d'un côté à chaque pas comme lesté d'une charge invisible. Je vois Nana toute seule à l'avant, la bandoulière rouge lui barre le dos. Je suis pris d'un élan pour cette petite femme vieillie. Il s'en faut de peu que je coure lui faire peur et l'embrasser dans le cou. Mon frère et ma sœur je nous vois sur cette route bordée de cheminées et de pierres mortes et je me demande ce qui nous a fait tomber fortuitement dans le même nid, pour ne pas dire

dans la vie même. Derrière nous Joséphine poursuit sa furia photographique. Et si j'épousais Marion, ai-je pensé. Pourquoi laisser aux Ochoa l'apanage d'une formation sérieuse ? Quel âge a-t-elle ? Quarante ans. Elle peut encore avoir un enfant. Je prendrai un chien pour Luc. Un bâtard à poils ras. Luc s'amusera avec son chien et son frère. Je serai accueilli par des cris de joie et des jappements, je jetterai ma veste sur un fauteuil jonché d'habits.
Nous marchons sur le chemin qui ne mène à rien. Nous allons voir la ruine, la ruine hideuse et aplatie dans le printemps odorant. Aucun fantôme ne nous accompagne. Des gens flânent au-devant. Nous flânons comme les autres car il n'y a pas de bon rythme. Serge s'arrête pour allumer une clope. Il tourne sur lui-même pour se protéger du vent.
Voici la ruine. Les restes dynamités des chambres à gaz et des crématoires. Des blocs affaissés sans doute recouverts de désherbants. Juste à côté, le monument aux victimes, un pavement de grosses pierres et des dalles gravées en plusieurs langues. Serge me tend son portable. Message de Victor.
« *Tonton Serge, j'ai lu le mail du chef. Arrivé hier matin en effet mais tout le monde sait que je ne suis pas pendu à mon portable d'autant que je dois recevoir un mail par mois. Mais toi, l'as-tu lu ? L'as-tu vraiment lu ? Je pense que non et je t'invite à le faire. Le chef me propose un stage de deux semaines comme si j'étais un apprenti, alors que je postule pour faire*

une saison entière dans une équipe en tant que CUI-SINIER. (Je te signale en passant que la dernière maison dans laquelle je suis passé est Chez Treuf où j'ai fait une belle évolution puisque je suis passé de commis au froid à chef de partie aux cuissons en à peine quatre mois.) Je visais donc au minimum un poste de demi-chef de partie. Je vais donc décliner sans regret cette proposition. Comme je te l'ai dit au téléphone mon mail est resté sans réponse, entre-temps de nouvelles opportunités se sont présentées. Je ne t'ai jamais demandé moi-même de relancer le chef. Il faut bien que tu comprennes que je suis indépendant de ma mère et je n'étais pas au courant qu'elle t'avait prié de le faire. Tu es mon oncle. Mais au vu de notre relation ces dernières années, je dirais plutôt que tu es le frère de ma mère. À ma grande tristesse, tu m'accordes assez peu d'intérêt et ce depuis bien long-temps. Je te demande aujourd'hui de ne plus me parler de cette manière condescendante et autoritaire sans en avoir la légitimité. Tu n'es ni mon père, ni mon patron, ni un "sensai" de tout autre ordre. Je ne te dois rien. Ta menace n'a pas lieu d'être et n'a pas d'effet sur moi. Je te remercie d'avoir essayé de me placer dans cet hôtel suisse mais je n'ai pas besoin de ton aide d'une manière générale. J'ai juste besoin d'une famille. Victor »

Quel petit merdeux, dit Serge.

— Il est jeune.

— Quel petit merdeux.

— Il va se calmer.

— Ce ton qu'il a. Cette arrogance. Un péteux qui sort à peine de l'école.
— Ramos peut avoir ce ton.
— J'ai besoin d'une famille ! Qui a besoin d'une famille ? Ça me dégoûte.
— Ça aussi c'est son père.
— Qu'est-ce qu'on fout là ? Partons Jean. Ces plaques qui parlent à l'humanité, ces pavés monstrueux !
Je le prends dans mes bras. Tête contre la mienne il murmure, je hais tout ça.
Comme la lumière est belle. Derrière nous il y a un sous-bois. Des traînées roses passent entre les grands arbres. Elles s'étendent le long des clôtures et des paisibles miradors. Dans les chroniques de Tchernobyl d'Alexievitch, au-dessus de la zone désertée des oiseaux s'amusent et *le ciel est d'un bleu limpide.*
Nana et Jo nous rejoignent. Je dis, c'est assez, non ? On peut s'en aller ?
— Oh non, dit Joséphine, il faut voir le Sauna !
— C'est quoi le Sauna ? dit Serge.
— C'est le bâtiment de désinfection et d'enregistrement.
— Sans moi.
Nana se fâche.
— Tu n'as pas voulu rentrer dans la chambre à gaz, tu n'as pas voulu voir la *Judenrampe*, l'expo hongroise tu as mis ton point d'honneur à la boycotter, maintenant le Sauna ! Ça serait agréable si

de temps en temps Serge dans la vie tu mettais ton petit moi de côté, si tu te pliais à une vie de groupe ne serait-ce qu'une journée pour faire plaisir à ta fille !
Je tente une légère caresse sur son épaule qui ne fait que l'attiser.
— Tu pourrais juste humblement regarder. Non, il faut constamment que tu te démarques. Qu'est-ce que tu veux prouver ? Que tu as déjà intégré tout ça ? Que tu n'es pas un touriste ? On a compris que tu étais là à reculons. Tu n'as pas besoin de le faire savoir à chaque instant. Moi je regrette, j'ai pris l'avion pour Cracovie pour voir de mes yeux les lieux où des milliers de gens sont morts abominablement, des gens de notre famille des gens avec qui on aurait pu être liés. Serge Popper a tiré les leçons de l'horreur, tant mieux, je te félicite, mais pas moi, et pas ta fille. Et Jean on ne sait pas, il est ton dévot. Mais si, tu es son dévot !
— Quelle leçon ? Il n'y a justement aucune leçon à tirer, dit Serge.
— Continue avec ce ton puant.
— Allez-y ! Allez, allez au Sauna !
— Arrête papa ! C'est vrai que tu es négatif et chiant !
— Mais allez-y ! Allez regarder humblement le Sauna. Je n'empêche personne de vivre.
— Il est ridicule. Viens Jo, dit Nana.
— Oui.

— Va Jo. Va explorer le camp avec ta tante. Quant à Victor, il se fout éperdument de ce qu'on fait ici.
— Pourquoi tu parles de Victor ?
— Il vient de m'écrire.
— Et alors ?
— Va au Sauna.
— Arrête avec le Sauna ! Qu'est-ce qu'il dit ?
— Il y a des mots que je ne comprends pas mais en gros que je ne suis pas son oncle et que j'aille me faire foutre.
— Montre.
— Et qu'il est un cuisinier chevronné ! Attention !
— Il est cuisinier.
— Bien sûr.

Nana agrippe sa veste, farfouille dans ses poches et extirpe le portable. Joséphine fait tranquillement le code de son père. Elles lisent toutes les deux le message de Victor. À la fin Jo dit, marrant Victor.
— Un stage de deux semaines ! s'exclame Nana. Comment veux-tu qu'il soit content ?
— Tu trouves normal de m'envoyer ça quand je suis à Auschwitz ?
— Quel rapport ?
— Comment quel rapport ?
— On n'est pas sous Hitler. Tu n'es pas en pyjama rayé.
— Un stage de deux semaines au Walser beaucoup s'en réjouiraient.
— Mais pas quand on est diplômé d'Émile Poillot ! Et qu'on veut faire une saison rémunérée !

138

— Le chef ne connaissait même pas Émile Poillot.
— Un plouc ! Tout le monde connaît Émile Poillot ! Tu avais lu le mail ? Tu ne l'avais pas lu !
— Qu'est-ce que j'y connais moi en cuisine ! Je les mets en contact, c'est à eux de se débrouiller. Ce n'est pas de ma faute si Victor Ochoa est le seul jeune de la terre qui ne regarde pas son portable.
— Tu l'as engueulé comme s'il avait refusé la proposition du siècle !
— Engueulé ! Il est en sucre ce garçon !
— Tu as été épouvantable au téléphone. Et même humiliant.
— Il serait temps que quelqu'un lui parle d'homme à homme ! Il n'a reçu aucune éducation. Un père inconsistant et toi tu en fais une lopette !
— Mais papa !
— Quoi ?
Il fait quelques pas les bras ballants.
— La suppression du service militaire a été une folie.
— Dans deux secondes il va dire, j'ai fini sergent-chef, mes hommes m'adoraient, dit Joséphine.
— Stricte vérité.
— Est-ce qu'on peut mettre au point une chose, tranche Nana subitement au bord des larmes, vous arrêtez et toi aussi Jean, de façon définitive, de mêler Ramos à vos déblatérations ! Je ne veux plus rien entendre sur Ramos ! Je ne veux même plus entendre – jamais – son nom cité par vous !
Joséphine l'entoure de son bras en nous regardant avec mépris.

— Promis, dis-je. Tu as raison.
(Je sais que je ne tiendrai pas cette promesse.) Pour alléger l'atmosphère j'ajoute, allons voir ces bois. C'est par là le Sauna ?
Je tape dans le dos de Serge pour l'entraîner. On s'ébranle en silence. Je reconnais le bois. Les hommes parlaient debout, les femmes et les enfants étaient assis au pied des arbres. Dans ce bois de bouleaux, les juifs hongrois attendaient leur tour de chambre à gaz. Ils ne savaient rien de leur sort imminent. On avait vu ces photos le matin même. Sur l'une d'elles, un enfant tout petit offrait à un plus grand un pissenlit.
Nous sommes seuls. Le sol est irrégulier parsemé de touffes. Nana tangue sur ses hautes bottines. Soudain elle se retourne et dit à Serge qui se traîne quelques mètres derrière, je ne vois pas la moindre réussite dans ta vie.
Il s'arrête, tire sur sa cigarette et dit, moi non plus.
— Tu te trimballes avec un air de condescendance, tu es là comme si tu nous faisais une faveur, tu passes ton temps à juger la vie des autres comme si la tienne était mirobolante.
— Mais jamais !
— La façon dont tu as parlé des Fouéré hier soir. Il faut toujours que tu ricanes, que tu te moques. Ils tirent leur chien en charrette, ils se font appeler papa et maman ! S'ils ont envie de s'appeler papa et maman, qu'est-ce que ça peut faire ? C'est pas plus pathétique de s'appeler papa et maman que

d'être à l'affût de toutes les faiblesses des gens. Qu'est-ce qui est admirable dans ta vie ? Une vie à rechercher les ennuis. Tu as soixante ans, tu n'as plus de maison, tes affaires sont mauvaises, ton gérant t'arnaque...
— Il me loge.
— Encore heureux. Je ne sais pas d'où tu tires la moindre supériorité. Une fois dans sa vie monsieur Serge Popper fait quelque chose pour quelqu'un, il faut l'applaudir pendant dix ans ? Tu es complètement déréalisé mon pauvre. Moi qui m'occupe tous les jours de gens dans des situations de vraie précarité, qui se sentent menacés de tous les côtés, dont les mômes parfois n'ont jamais vu la mer ni la montagne, je peux te dire que c'est un grand luxe d'aller rechercher les emmerdes tout seul. Ne prends pas cette tête ! À chaque fois que je parle de mon travail je dois me contenir parce que j'ai peur de vos ricanements débiles. Eh bien ne vous en déplaise, je suis heureuse d'aider les autres, je suis fière d'être solidaire, de faire partie d'une société responsable, je pense que ça n'a pas de sens de vivre pour soi. Un jour tu finiras seul comme un rat Serge. Car tu as perdu une femme formidable qui te maintenait hors de l'eau. Je ne comprends pas que tu aies pu perdre Valentina !
— De quoi je me mêle.
— Et toi de quoi tu te mêles quand vous vous foutez de la gueule de Ramos, quand toi et ton frère lèche-cul vous insinuez qu'il ne fout rien,

qu'il truande les Assedic, quand tu prétends qu'il n'est pas bon père alors qu'il n'y a pas plus attentif, plus attaché à ses enfants que Ramos...

— Les nazis aussi étaient attachés à leurs enfants, Stangl était bon père, Goebbels était bon père, je peux t'en citer plein des bons pères de famille. Les enfants sont l'attachement le moins vertueux. Ça ne vaut rien. Et la famille idem.

— Bravo. Très agréable pour Jo.

Joséphine hausse les épaules. Elle s'applique à photographier en perspective, entre les troncs, les ruines du crématoire III.

— Je ne sais pas ce qui vaut quelque chose à tes yeux, dit Nana. Franchement j'ai l'impression que rien ne vaut quelque chose. C'est triste. File-moi une clope.

— Tu ne fumes pas Nana, intervient Joséphine, pourquoi tu veux fumer ?

— Parce qu'aujourd'hui je fume !

La voilà qui fume en projetant ses lèvres en avant. Et voilà la pluie. Les traînées roses s'effacent d'un coup et on saisit un grondement de tonnerre lointain. Oh merde ! s'écrie Nana, on est loin du Sauna, Jo ?

Elles se mettent à courir dans le sous-bois. On se presse à leur suite. La pluie qui s'abat est surnaturelle. C'est une pluie étourdissante, méchante, épaisse. Elle vient de partout, du ciel, des arbres et peut-être d'autres endroits, elle attaque avec furie, on court à tâtons dans son vacarme de brouillard, griffés par les branches, on ne peut pas garder les yeux ouverts. Nos pieds s'enfoncent, la terre est déjà boueuse. La boue ! La voilà la fameuse boue, l'immonde gadoue évoquée dans les livres. Elle aspire le corps, elle est vorace, quelle excitation de sentir son odeur monter, de l'entendre claquer et me dégueulasser, et comme j'ai honte, honte, de cet émoi folklorique. Parmi les troncs les filles courent en titubant, on perçoit leurs glapissements assourdis.

À l'orée de la futaie s'étend un terrain marécageux au bout duquel un bâtiment sans qualité aussi désolé que possible se résigne sous l'averse. Nous courons trempés vers la cour où stationne un break. Tout est désert, les portes sont closes et les fenêtres quadrillées laissent entrevoir des couloirs vides. Est-ce cela le Sauna ? Ce bâtiment bas replié sur lui-même, le *ZentralSauna*, le vestibule de l'enfer dont parlent les rescapés ?
Joséphine tambourine aux portes, elle crie, il y a quelqu'un ? Nous sommes littéralement giflés par les trombes. Autour il y a de grandes flaques, presque des mares, et des rectangles de tourbe entourés de pierres et de roseaux moribonds. Tandis que nous longeons les murs de brique dans l'espoir de trouver une ouverture, je repense au professeur de philosophie de Margot, ce grandiose Cerezo dont toute une classe s'était moquée. M. Cerezo dans sa grosse parka qui chaque année revenait fouler la lande des morts tel un fou de

tragédie. C'est lui qui a raison, me dis-je. On ne doit pas pleurer les disparus des camps autrement que fanatiquement. J'éprouve un élan rétrospectif pour cet homme et ses tentatives répétées de transmission forcément vouées à l'échec.
Un peu plus loin, de l'autre côté, quelqu'un a franchi une porte en s'escrimant à déployer un parapluie démantibulé par la tornade. Nous nous sommes précipités pour entrer dans le Sauna.

Morne retour.
Le soir, en roulant vers Cracovie on a dépassé un petit bimoteur dans un champ.
— Un Antonov, a dit Serge d'une voix éteinte.
— Ah oui !
— Un Antonov 2. La jeep de la toundra.
Ses seuls mots durant le trajet. La campagne était défigurée par les panneaux publicitaires.
— Tu as pris un coup de soleil papa. Tu es cramoisi.
— Tu devrais le crémer, je dis.
Joséphine se met à fredonner de façon artificielle.
— Vous saviez que la barbe protégeait des rayons solaires ?
— Intéressant.
— Vous êtes tellement marrants dans cette voiture.
Elle replonge dans son portable.

On a longé des rails. Des rails d'aujourd'hui peut-être sur une petite butte épousant la route. Est-ce qu'on fait attention aux rails en temps normal ?

En plein silence Joséphine a dit, la calotte glacière fond sept fois plus vite qu'il y a vingt ans.
— On va droit dans le mur, a dit Nana.
— Le réchauffement de l'Arctique provoquera un baby-boom d'araignées.
— Arrête avec ce portable.
— C'est pas le portable, c'est le monde. J'attrape la mort avec mes cheveux mouillés. Mets le chauffage tonton Jean. Et je vous signale que la pluie aussi est gorgée de microplastiques.
Les Fouéré ont pris un chien. Rien d'étonnant. Ils font partie des couples qui finissent par s'ajuster dans la vieillesse. Après des années de chaos ils finissent main dans la main avec voyages, chien, parfois une masure quelque part. Toute sa vie Nicole avait aspiré à un autre que Jean-Louis et quand ils ne se faisaient pas la gueule les Fouéré s'étripaient avec des formules humiliantes. Mais un beau jour ils ont perçu le petit coucou de la mort et ils ont posé les armes. On accepte que la vie soit un truc de solitude tant qu'il y a de l'avenir.
J'en connais plein pour qui les intérêts communs ont balayé les espérances existentielles. Il m'est même arrivé de jalouser cette victoire sinistre.

Les déportés qui sont revenus avec leurs chapeaux et leurs grosses fourrures pour dieu sait quelle commémoration ont à présent rejoint les anciens morts. C'est une race particulière de vieux, perdus dans des manteaux démesurés, empaquetés dans des habits de froid qui les engoncent, des gens d'un autre temps qu'on ne reverra jamais. Sans eux, le lieu n'existera plus. À quoi bon les étais, la tondeuse à gazon, le maintien des briques, des tuiles, des poutres au-delà de leur survivance ? Ils emportent avec eux un siècle et un continent.

Intermarket, Auto Komis, Brico. Aucun dépaysement. Des deux côtés de la nationale le jour s'attardait encore sur quelques vallons. M'est venue subitement la nostalgie de Miami (où je ne suis jamais allé). D'un balcon, mettons du treizième étage dans les années cinquante. C'est la nuit. L'air est chaud, il y a des odeurs d'essence et de plantes marécageuses. Je vois la lumière des gratte-ciel à travers la balustrade. Je suis assis sur une chaise en plastique, la vie s'écoule, l'océan, les rumeurs de circulation. J'étais vieux, j'avais le spleen du fauteuil en plastique, du bananier dans son pot minable.
Qu'est-ce que c'était ?

Zita avait survécu à trois maris et un fils mort. Feifer était le nom du troisième, son grand amour. Jeune elle était le sosie de l'actrice Gloria Swanson. Mêmes lèvres, même long nez pincé, même coiffure à la garçonne. Elle fumait avec un porte-cigarettes et riait avec les dents barrées de rouge à lèvres. Notre mère disait : elle aime les hommes, et le père – ô, discrètement ! – approuvait de la tête. Son fils était mort dans les Alpes suisses en voulant attraper une framboise au bord d'un ravin. Zita avait cultivé son accent hongrois et aussi certaines erreurs de genre dans l'usage des articles, elle disait *un* cuillerée, *une* chignon. Elle tamponnait son visage avec de la Poudre de riz de Java (on lisait le nom sur la boîte vert anis) dont l'odeur sucrée nous affriolait.

Maurice avait été son amant à l'époque du deuxième mari, un marchand d'art. Quand le marchand était en déplacement, elle conviait Maurice chez elle dans une atmosphère moyenâgeuse de bougies dont celles de deux chandeliers à sept branches. Elle le recevait à l'américaine avec un Gin Rickey et s'asseyait telle une gamine lubrique sur une chauffeuse basse pendant que Maurice sirotait le cocktail en lorgnant son entrecuisse. Tout ça nous le tenions de Maurice qui devait broder un peu mais notre mère qui avait les confidences de Zita avait entériné les grandes lignes. Au bout d'un moment, Zita décrochait du mur le fouet de gaucho rapporté de la pampa et implorait, balafre-moi ! Parfois elle lui mettait dans les mains la hache suisse et s'agenouillait en tendant son cou vers la lame, égorge ta colombe ! Bois mon sang Moritz ! Ils s'amusaient bien tous les deux. Certains jours l'humeur était plus délicate. Maurice avait un faible pour ses dents. Mords-moi petit castor, disait-il, alors elle fronçait son museau, propulsait ses splendides incisives et se mettait à le grignoter.

Max Feifer avait mis un terme à ces fredaines. Il était fourreur, mangeait kasher, avait un abdomen de scarabée et un œil à moitié fermé. C'était un petit homme bon et drôle, et nous l'adorions. Sa chevelure s'élevait en une sorte de tarbouche aubergine bordé de rouflaquettes blanches. Un jour, notre mère avait dit à Zita, tu devrais conseiller à Max une teinture moins violente, elle avait répondu, il est teint chérie ?!
Max était mort. Maurice et Zita attendaient leur tour emmurés dans leurs appartements respectifs. Ils s'étaient sans doute oubliés. Mais ce qui a existé ne peut pas ne pas avoir existé, ai-je pensé.

Dans la salle de bain du Radisson à Cracovie, on bouffe petit menthe sur petit menthe piqués dans un pot au comptoir où on est restés cent ans. Je suis dans un bain moussant, Serge sur les chiottes. Dix minutes plus tôt, son téléphone a sonné : Valentina Dell'Abbate. Valentina ! Elle m'appelle !... Allô ? Il s'éloigne dans la chambre. Je n'entends qu'un murmure de voix épisodique. Il revient s'asseoir sur la cuvette. Il dépiaute un bonbon. La poubelle regorge de papiers transparents. Il suce le bonbon en fixant la mousse avec des yeux globuleux. Finalement il dit, Marzio veut que je sois là à son anniversaire.
— C'est gentil.
— D'après toi c'est Marzio ou c'est elle ?
— Les deux.

— Tu crois que c'est uniquement pour faire plaisir à son fils ? Ou elle a envie aussi ?
— Elle a envie.
— Elle utilise ce prétexte ?
— Non. Elle profite de l'occasion.
— Le petit, tu crois qu'il est content si je suis là ?
— Bien sûr.
— On s'entend bien avec le petit.
— Je sais.
— Tu crois que c'est une manière de... Tu crois que je lui manque ?
— Au petit ?
— À Valentina.
— Si elle n'avait pas envie de te voir, elle ne t'appellerait pas.
— Tu crois qu'elle veut renouer ?
— Je ne sais pas. Elle était comment ?
Il réfléchit. Enfourne un quarante-huitième menthe.
— Distante.
— En tout cas elle fait un pas.
— Tu crois ?
— Oui.
— Est-ce que j'ai envie de me remettre avec une femme ? On est bien sans femme.
— On est bien. Tu vois toujours Anne Honoré ?
— Non. J'ai peur du mari martiniquais.
— Pourquoi ?
— C'est un violent. Comme tous les insulaires. Regarde les Japonais. Les Australiens ! Ils voient un

Aborigène, ils sortent le hachoir. Ce sont tous des fils de bagnards. Je vois la Peggy de temps en temps. Si tu t'extrais de ce bain un jour, il se peut que j'arrive à chier.
— D'accord.
— J'en vois d'autres aussi. Elles viennent dans mon gourbi. Une fois sur deux j'arrive à rien. Une fois sur deux, zéro. Bon. Le problème c'est l'après. Le secret c'est peut-être de faire semblant de s'endormir. Avec un peu de chance tu l'entends se rhabiller, elle te dit un truc que tu ne comprends pas et la porte se ferme doucement. C'est la soirée parfaite. Tu te relèves, frigo. Tu te dis c'est une chic fille. Tu regardes même si elle n'a pas eu le temps de faire un peu de repassage. Tu me files les mots fléchés ?
Je lui apporte le journal. Dans la chambre j'écarte les voilages et je regarde comme depuis un autre pays le parc qui est devant l'hôtel.

Une chaussure du Vieux Campeur dans la main, le séchoir à cheveux de l'hôtel dans l'autre, Serge est étendu sur le lit, emballé dans le peignoir blanc et mou du Radisson. Il a le génie du vautrage. Personne ne se vautre comme lui. Le séchoir hurle et s'arrête régulièrement car il engouffre le corps dans la chaussure. Il dit, tu crois que ma vie est un ratage complet ?
— Pourquoi tu dis ça ?

— Nana ne voit pas la moindre réussite dans ma vie.
— Elle a dit ça sous le coup de l'énervement.
— Elle a raison.
— Tu sais bien que Ramos est intouchable. Et son fils aussi.
— Quelle famille de merde.
— Arrête avec ce bruit, j'en peux plus.
— Zéro ce séchoir.
— Habille-toi.
— Elle connaît la misère mieux que mère Teresa maintenant. Depuis qu'elle est dans son truc d'aide sociale, elle a pris un ton péteux. Ce peuple emmailloté dans la vertu me débecte. La France est devenue un pays sous-développé à cause de gens comme eux.
Sur le trottoir d'en face, longeant le parc en un essaim oblong et compact, passe un immense groupe d'Israéliens, tous portant des sacs Zara ou H & M.
— On a abandonné tous nos vecteurs de puissance pour un monde irénique à base de bienveillance, auto-préservation et autres mantras solidaires. L'autre jour elle m'a dit qu'elle était *bouleversée de pouvoir valoriser des parcours civiques*. Texto. À moi. Le bon interlocuteur.
Il a abandonné le séchoir et fume. La cendre tombe sur le peignoir. Je lui lance un cendrier.
— Et cuisine ! J'oubliais ! Aujourd'hui chef cuisinier c'est mieux que prix Nobel. La seule qui est

possible chez eux, c'est Margot. Et va savoir ce qu'elle va devenir.

— Arrête de râler. Lève-toi.

— Tout ce qui était belliqueux en moi s'est racorni.

— Je mets une chemise propre ou le tee-shirt d'hier ?

— Avant je fonçais, je me marrais, maintenant je ne cherche plus qu'à éviter les catastrophes. À Auschwitz, j'aurais été un *Muselmann* en vingt-quatre heures. Je n'aurais trouvé aucune raison de m'accrocher à la vie.

— Chemise.

— Donne-moi le catalogue du room-service.

— Viens te balader. C'est beau Cracovie.

— Je ne veux pas la côtoyer. Je ne veux plus jamais la côtoyer. Elle a eu de la chance qu'on soit à Birkenau.

Mon portable sonne : Paulette. Je l'entends rire avant de parler. Devine ce que Maurice a réclamé ce soir ? Un déambulateur électrique !

— Très drôle.

— Tu sais ce que j'ai dit ? J'ai dit, tu sais ce que c'est Maurice un déambulateur électrique ? Une trottinette ! Ha ha ha.

— Ha ha ha.

— Il s'est marré figure-toi ! Maintenant il prend son petit champagne. Vous êtes toujours à Auschwitz ?

— À Cracovie.

— Bon. Amusez-vous bien les enfants !
— Merci Paulette.
Rice cake ! s'écrie Serge, et si je me commandais un gâteau de riz ?
— Tu fais chier, lève-toi.
— J'adore le gâteau de riz. Je n'ai pas mangé de gâteau de riz depuis dix ans.
— On en trouvera dans un restaurant.
— Tu sais ce que j'aime chez Singer ? La place qu'il donne à tous ces petits plats que bouffent les types. Il ne te dit pas le métier du mec il te dit ce qu'il bouffe. Du foie haché, des blintzes, ou bien du gâteau au fromage, ou bien du gâteau de nouilles… Un jour il rentre dans une cafétéria, à New York, il rencontre des potes polonais. Ils parlent d'Israël et d'autres choses, mais surtout – attends, je te lis – *de gens qui mangeaient du gâteau de riz et des pruneaux la dernière fois que j'étais là et qui sont morts depuis.* Qui mangeaient du gâteau de riz et des pruneaux la dernière fois que j'étais là, et qui sont morts depuis. J'y pense tous les jours. Pour moi ça vaut une phrase du Talmud.

Sur la grande place de Cracovie, l'étendue du désastre m'a sauté aux yeux. Il y avait une sorte de fête du printemps ou de la musique ou bien était-ce une émanation de ces festivités permanentes comme à présent dans les cités touristiques ? Il y avait de tout sur cette grandiose place du Marché, un monde identique à celui que nous avions vu le matin même à Auschwitz, des grappes hagardes et épuisées sans volonté propre, avec bouteille et sac à dos, mais aussi des religieuses, des moines tibétains, des calèches blanches en file attelées à des chevaux assortis et conduites par des semi-putes clopant en tenue de rodéo. Le long des arcades, sur une immense estrade un groupe de rock se produisait sono à fond. Toutes les rues adjacentes étaient occupées par un même monde fiévreux, mou, bruyant, indifférencié, avide de distraction. J'étais venu à Cracovie il y a des années, j'en avais gardé le souvenir d'une ville splendide et secrète. Rien à voir avec ce décor faux et dénaturé par l'inconsistante invasion planétaire. Et toi ? me suis-je demandé tandis que nous cherchions dans l'encombrement d'une rue piétonne et parmi les dizaines de boutiques de souvenirs un restaurant *local*. De quel autre bois penses-tu être ? Tu parcours la terre en low-cost avec la même désinvolture. Tu piétines sur le même circuit, horreur en matinée, festivités médiévales en soirée, en quoi es-tu différent ? Tu ne veux pas être confondu mais cette réticence même – une ultime tentative de l'orgueil – te démasque. Tu sais bien qu'il n'y a plus d'autre monde et ta plainte aussi est inconsistante.

Lara Fabian nous a gâché le dîner. Au début l'impression de calme prévalait dans le sous-sol de

la taverne où nous nous sommes retrouvés collés à un mur de pierre. Mais au fur et à mesure de l'occupation des tables alentour, l'imperceptible filet de voix émanant du haut-parleur juste au-dessus de nos têtes s'est mué en une ritournelle hurlante. Lara Fabian, a indiqué Joséphine.
J'avais décidé de m'intéresser à sa vie. Elle répondait avec application à mes questions le visage à moitié tourné vers son père et je voyais bien que tout ce qu'elle racontait consistait à se faire valoir auprès de lui. Elle maquillait, a-t-elle dit, essentiellement des journalistes avant leur passage à l'antenne mais aussi des invités. Elle avait maquillé le rappeur KatSé, tu vois qui c'est papou ? Non c'est vrai toi tu t'occupes de rock ! Elle avait un planning sur neuf semaines, elle faisait deux semaines en journée et deux semaines en horaires décalés. Elle travaillait en totale autonomie, sa chef maquilleuse était avec elle en loge mais elle s'occupait de tâches administratives et commandes de produits auprès des fournisseurs... Serge était occupé à gérer la table, le vin, le sel, le poivre, les cornichons, il hochait la tête sans jamais parvenir à masquer son ennui. À un moment il a dit, et la formation sourcils ?
— *Microblading* papa. Ça c'est l'avenir.
— Trois mille euros ça m'a coûté cette plaisanterie.
— Serge ! s'est offusquée Nana.

— Quand j'aurai créé mon institut je te rembourserai, a souri héroïquement Jo.
Serge a levé la tête vers le baffle et a dit, on ne peut pas arrêter cette truie ?
Nana a hélé un serveur.
— *Please, please mister, could you put the sound lower ?* a-t-elle demandé de loin avec des gestes de main apaisants pour matérialiser la demande.
— Qu'il l'éteigne ! a ordonné Serge sans la regarder. C'est une horrible nuisance.
Depuis notre départ de l'hôtel, il s'était appliqué à la traiter en être inexistant.
— Dis-le-lui toi-même, a répondu Nana.
— Ils ne vont pas enlever la musique pour nous, a dit Jo.
— *Can you stop the music ?* a crié Serge.
Tous les regards ont convergé vers notre table. Une femme en jupe folklorique vert pomme évasée comme un tutu est accourue. La pauvre a tenté de nous expliquer que la musique faisait partie de la politique de la maison, qu'elle voulait bien la baisser légèrement quoique hélas nous n'étions pas les plus chanceux avec cette table sous l'enceinte.
— *It's not music, it's noise !* a dit Serge en vidant un énième verre de vodka, et il a ajouté pour valider son assertion, *We know her, she is French.*
La femme a gloussé poliment faisant tournicoter sa jupe et a proposé d'offrir une liqueur de cassis. *Amazing tenue*, a dit Serge entre ses dents. J'ai demandé l'addition mais Serge voulait attendre son

gâteau de riz. Quand il est arrivé, il l'a jugé trop sucré, trop vanillé et trop mou.

Joséphine parle plus loin avec un jeune Américain. Nana et moi sommes assis sur le banc Joseph Conrad, Serge à quelques mètres de l'autre côté de l'allée sur le banc Swietlana Aleksijewicz (je l'écris à la polonaise). Dans le parc tous les bancs portent un nom d'écrivain. Certains n'ont rien à voir avec la Pologne. La nuit est tombée. Quelques personnes passent. Il n'y a rien à faire dans le parc. Je dis à Nana, je trouve touchant que tu défendes ton mari avec cette virulence. Elle hausse les épaules. Elle s'est acheté des clopes polonaises et elle fume avec sa bouche en avant. Serge aussi fume sur son banc. Elle dit, il va me faire la tronche pendant combien de temps ?
— Tu l'as blessé.
— Il est complètement autocentré.
— Mets-toi un peu à sa place.
— J'en ai marre de me mettre à sa place. Il ne se met à la place de personne lui. On fera les comptes au retour. Il n'y a pas de raison que tu payes tout pour tout le monde.
— Laisse tomber.
— Je veux payer mon voyage.
— Comme tu veux.
— Il est incapable de s'extraire de lui-même, incapable d'être heureux. Même pas deux minutes.

— Ce n'est pas le meilleur endroit pour être heureux.
— Arrête !
— Je crois que j'ai vu un écureuil.
— Dans cette histoire du Walser, je défends mon fils à cent pour cent. À cent cinquante pour cent !
Joséphine et l'Américain se sont assis sur un banc. Je lui fais un petit signe de loin.
— Il n'avait pas lu le mail du Suisse. Il engueule Victor avec son ton de je vais t'apprendre la vie sans même avoir lu le mail ! J'ai parlé à Victor avant le dîner. C'est très humiliant pour lui de se voir proposer un stage d'apprenti, pas payé, comme s'il était inexpérimenté ! Va savoir comment il l'a présenté. Il n'y a rien de pire en fait que ces gens qui n'interviennent que pour se faire mousser eux-mêmes. Victor a parfaitement réagi. En plus son projet est super. Il est grand temps que quelqu'un s'oppose à Serge dans cette famille.
Je ris. J'essaie de l'embrasser mais elle me rembarre.
— Et cette connivence débile contre Ramos que vous avez tous les deux, c'est tellement infantile. Et chiant. Pourquoi je fume ? Je vais gerber.
Elle écrase sa cigarette sous son pied puis se ravise et dans un sursaut écologique part la jeter dans une poubelle. Elle revient s'asseoir et étend ses jambes.
— Je suis quand même contente d'avoir vu Auschwitz.

De son banc Swietlana Aleksijewicz Serge dit, trois ans d'études dans la soi-disant meilleure école européenne de cuisine, le Harvard de la gastronomie pour ouvrir un fast-food !
Il a tout entendu ? me souffle Nana.
— Tout, dit-il. Même quand tu chuchotes j'entends.
— C'est tellement médiocre cette réflexion ! Tellement bête ! s'écrie Nana dans le silence du parc. Plus ça va, moins tu as de crédit à mes yeux Serge, et même dans un domaine où je t'ai longtemps cru le plus malin, où j'attribuais tes échecs à la malchance, je vois que tu n'y connais rien, que tu parles sans savoir !
Joséphine et le garçon américain se sont retournés.
— Tout ce que j'entends c'est le son amer de ta voix, tu es bouffi d'amertume et de méchanceté et tu te retournes contre un garçon de vingt ans qui a la vie devant lui et qui justement va peut-être réussir là où tu as complètement échoué ! Est-ce que tu sais ce que veut dire *fast food* ? *Fast food* Serge ça veut dire *servi vite*, ça ne veut pas dire Burger King ou tous ces trucs immondes, ça veut dire juste dire vite préparé et vite servi, ça ne veut pas dire dégueulasse. Au contraire. Aujourd'hui figure-toi on propose d'excellents produits dans une box en carton, c'est même la grande mode. Trois ans d'école pour ouvrir un fast-food parce que c'est ce qu'il y a de plus faisable quand on n'a pas d'apport personnel. Fast-food ça veut dire petite entreprise,

petit stock, petite équipe, petit loyer, petit risque, tout est petit oui mais tout est réalisable, et si ça marche, sache-le, ça génère des bénéfices qui sont bien supérieurs à un bistrot. Un fast-food, c'est le petit bain avant le grand bain, et moi je suis fière de l'intelligence de mon fils qui est sûrement le plus ambitieux de nous tous mais qui ne se nourrit pas de rêves théoriques et fumeux et qui va se donner de vrais moyens de réussir. Au fond, peut-être que ça t'emmerde de voir quelqu'un qui a vraiment le sens des affaires dans la famille, peut-être que tu es jaloux. C'est triste. Au lieu de distiller ton fiel comme un vieillard aigri, tu ferais mieux de l'applaudir et de l'encourager, ça te sortirait de cet égocentrisme irrespirable dans lequel tu t'enfonces et tu enfonces les autres. Car c'est la dernière fois de ma vie Serge, la dernière fois que j'endure tes caprices de caractériel, vingt minutes à attendre que tu veuilles bien quitter ta chambre, une heure à rôder dans une ville infestée de touristes en sueur avec un type qui tire une gueule de cent pieds de long pour trouver un resto de merde où on peut bouffer un gâteau de riz de merde que personne ne veut à part lui !
— Le petit bain avant le grand bain, c'est de toi ? je demande. Et croyant aux vertus déridantes de l'insolence j'ajoute, ça pourrait être du Ramos.
Elle me frappe. Pas un peu. Violemment. Le dos, la tête, le bras, tout ce que sa main trouve.
Joséphine accourt.

— Qu'est-ce qu'il se passe ?
Nana s'est levée, naseaux dilatés, rouge et fumante.
— Je ne supporte plus ton père. Ni lui, écume-t-elle en me repoussant, ni personne, je vous hais tous !
Serge dit à Jo, tu vois où ça nous mène tes idées de pèlerinage.
Nana a pris son sac et part à grandes enjambées. Où elle va ? Où vas-tu ? C'est de l'autre côté le Radisson ! je crie. Elle fait demi-tour. Quand elle repasse devant nous comme une furie je demande, on part à quelle heure demain matin ?
Aucune réponse.
— Nana !
On croit entendre une voix lointaine : démerdez-vous.

Tu sais que chez les juifs, dit Serge avachi dans un fauteuil mou du Radisson, quand tu croises un mendiant tu dois lui donner quelque chose, tu *dois*. C'est une *mitzvah*. Un impératif. Et tu sais pourquoi tu *dois* ? Pas par charité, ni pour être gentil. Pas pour que le type puisse bouffer, non. Tu *dois* pour ne pas te dire quelques mètres plus loin, zut j'aurais dû lui filer trois balles, ou si tu as donné, quel type épatant je suis. Et pourquoi tu ne dois pas te dire quel type épatant je suis ? Pas parce que c'est péché d'orgueil comme chez les cathos, non. Parce que c'est une perte de temps. Tu *dois* donner pour ne pas être encombré par des réflexions subalternes. La question du faire ou pas ne se pose plus. La rue est bien organisée et ton cerveau ne perd pas de temps avec des conneries. Les juifs sont des génies.

On prend un dernier verre au bar. Je veux dire plusieurs derniers. Joséphine est repartie en ville avec le juif de Seattle. Au-dessus de nous un écran mural diffuse CNN sans le son. La mèche recouvrante de Trump s'éloigne de son crâne en bombé inversé au niveau de la raie. Je me demande si le coiffeur utilise le Babyliss. Un jour je suis resté longtemps à regarder Marion se fabriquer des boucles avec cet ustensile.

— Tu donnes aux mendiants ? je dis.

— Par périodes. Mais quand je donne je n'arrive pas à ne pas me féliciter après.

Il empoigne une poignée de chips.

— Des impératifs catégoriques. Pas de choix. C'est mon idéal de vie. Pas est-ce que je fourgue le garage à un pigeon que je connais et qui me fait confiance ? Pas est-ce que je vends la librairie ? Est-ce que je fais un check-up ? Est-ce que j'essaye de récupérer Valentina ? Est-ce que je me brouille définitivement avec Nana et tous les Ochoa ou je pardonne ? Est-ce que je m'endette encore pour l'appart de Jo ?...

— Pourquoi tu ferais un check-up ?

— Parce que j'ai l'âge. À mon âge on fait un check-up.

— C'est qui le pigeon ?

— Le beau-frère de Jacky.
— Tu crois qu'il vaut mieux revendre ?
— C'est une usine à gaz. Le commissaire ne se mouillera pas sans une concertation générale. Quand je lis concertation générale, je sais que c'est mort. Chiche peut me dire ce qu'il veut, s'il faut attendre les élus, les riverains, les associations d'environnement, la préfecture, les communes, *vaffanculo* ! Mais sur le papier la perspective de constructibilité reste crédible, je peux jouer la montre.
On recommande une vodka au gingembre.
Serge va retourner l'abat-jour du lampadaire.
— Le petit bain avant le grand bain, c'est Ramos, je dis.
— Certain. Pour qu'elle le prenne aussi mal tu peux être certain que c'est lui. D'ailleurs c'est tout à fait lui.
— C'est le petit bain avant le grand bain...
— Hahaha !
— Ils ont dû faire un conciliabule familial...
— Évidemment !
— ... Quand tu n'as jamais nagé tu ne te jettes pas tout de suite dans le grand bain...
— Elle t'a rossé ! Hahaha !
Il descend son verre et sort de sa poche le marron qui fait la gueule.
— Tu l'as sur toi ?! Tu l'as emmené ?
— Je ne le quitte pas.
La chose m'émeut déraisonnablement.

— Je le dirai à Luc.
Il caresse du pouce le marron déjà un peu craquelé.

À une heure du matin, il s'inquiète et appelle Jo sur son portable. Messagerie ! Qu'est-ce qu'elle fout ? Elle va me gâcher la nuit cette fille !... Allô ? C'est moi. Où es-tu Jo ? Réponds s'il te plaît.
Je lui rappelle que Joséphine est une adulte indépendante qui depuis longtemps vit comme elle l'entend.
— Elle va passer la nuit avec un inconnu ? Elle ne le connaît pas ce type !
— La nuit ! Il est à peine une heure.
— Pourquoi elle ne laisse pas son portable ouvert ? Dans une ville étrangère ! Qu'est-ce qu'elle a dans la tête cette enfant ?
— C'est idiot.
— Je ne peux pas aller me coucher si je ne sais pas où elle est.
— Envoie un message. Sur WhatsApp. Dis-lui qu'on quitte l'hôtel à sept heures. L'avion est à dix heures.
— Oui...
Je me lève.
— Montons. Tu ne feras rien de plus ici.
— Vas-y, vas-y. Je vais encore attendre un peu. Tu as fait bouger le lampadaire, remets-le bien. L'abat-jour ! Dans l'autre sens, dans l'autre sens !
— Pourquoi tu t'angoisses comme ça ?

— Je n'ai pas senti cet Américain. Un juif de Seattle ? Tu sais que c'est la ville de la drogue !
— Il avait l'air sympathique.
— Les pires. Les grands criminels ont l'air inoffensifs.
— Viens Serge.
— C'était nécessaire cet Auschwitz ? Dis-moi sincèrement. On avait besoin de cette équipée ? Et si ça se trouve elle va se terminer en drame.
Il dépiaute un comprimé bleu et le gobe.
— Tu en prends combien par jour ? J'en ai marre de t'attendre. Allez.
Il s'est levé à regret. Le type du bar s'est empressé d'éteindre. On a fait quelques pas, devant l'ascenseur Serge a dit, jetons un coup d'œil dehors. On est sortis, la rue était calme, éclairée seulement à l'orée du parc. Il a allumé une clope. Une silhouette a surgi au croisement. C'est elle ! Serge s'est élancé tête en avant vers l'apparition, un petit homme frêle d'une soixantaine d'années, sans torse, en chemisette rentrée dans un bermuda à plis. Un genre de type que tu ne rencontres qu'aux alentours de l'Autriche. À notre hauteur on a remarqué qu'il portait au cou un ruban lesté d'une grosse médaille. L'homme nous a salués en polonais et a continué son chemin. Comment as-tu pu le prendre pour Jo ?
— Je panique.
Dans le hall désert il s'est laissé tomber dans un fauteuil multicolore. J'ai fait pareil dans un autre.

Un concierge de nuit survenait et disparaissait par une petite porte derrière les comptoirs. Les néons du plafonnier, réduits en intensité, verdissaient toute chose. De temps à autre un tube clignotait. Une journée à longer des rails. Des rails que rien ne distingue d'autres rails. Des voies ferrées de campagne comme il y en a des kilomètres de par le monde. Des chemins de fer caducs, pierres concassées où s'affolent les herbes qu'on doit retirer, des barres d'acier sourdement entretenues, des traverses. Chemin de fer voie ferrée chemin de fer voie ferrée. Nana avec son sac en bandoulière rouge devant le quai abandonné. Nanny Miro longeant les rails de Birkenau dans son manteau. Nanny Miro à laquelle je n'avais pas pensé depuis des années et qui me revenait par le saisissement d'une image. Jusqu'à mes huit ans notre mère avait travaillé quatre jours par semaine comme réceptionniste chez Martine & Belle rue Saint-Honoré. Nous étions sous la garde d'une femme déjà âgée, elle avait une petite coiffe de cheveux gris, ronde et douce qui venait et repartait dans un autobus. Nous ne savions rien de sa vie, ni où elle habitait, ni si elle avait eu un mari, des enfants. Nous savions qu'elle était née dans le Jura. Elle était simple et dévouée, toujours heureuse de nous retrouver, d'une simplicité qui m'étreint encore et que je tiens en haute considération. Elle avait un sac mou d'où elle sortait des petits cadeaux, des bonbons ou des images. Elle était la vraie mère de

nos premières années. Un jour nous ne l'avons plus vue. C'était un retour de vacances, les parents ont dit qu'elle était retournée chez elle. Quand je pensais au mot Jura, je voyais des ruines de forteresse et des bâtisses isolées dans un paysage sec. Je ne voyais pas d'arbres dans le Jura. Nous n'avons jamais su ce qu'il était advenu d'elle, nous n'avons rien su de plus hormis son nom. Germaine Miro a disparu absorbée par le hasard des destinées et les chemins de collines arides.
Je n'ai pas su me comporter affectivement dans ces lieux aux noms cosmiques, Auschwitz et Birkenau. J'ai oscillé entre froideur et recherche d'émotion qui n'est autre qu'un certificat de bonne conduite. De même me dis-je, tous ces souviens-toi, toutes ces furieuses injonctions de mémoire ne sont-ils pas autant de subterfuges pour lisser l'événement et le ranger en bonne conscience dans l'histoire ? Vive Cerezo !

Vers deux heures Joséphine s'est présentée dans le tourniquet vitré. Elle nous a vus affalés comme deux clochards dans la lumière lugubre. Qu'est-ce que vous faites là ?!
— Ton père te voyait morte.
— Jo ! Ma fille te voilà ! Merci, merci mon Dieu ! Viens ma Josèphe, viens dans mes bras, viens dans les bras de papa !
Jo est allée s'asseoir sur les genoux de Serge qui l'a enserrée en gémissant. Elle m'a regardé étonnée. Et

puis elle est restée là. La tête sur les épaules de son père. Son grand corps le débordant curieusement. Après un temps elle a dit, Lara Fabian n'est pas française, papou. Elle est belge.
Je n'avais même plus la force de monter me coucher.

À Paris, Zita m'attend chez elle dans une longue robe de chambre verte matelassée, un verre de whisky à la main. Au téléphone elle m'a annoncé qu'en plus des deux fémurs et de l'ostéoporose, sans parler de la thyroïde, elle avait maintenant un cancer des glandes. C'est une prescription, me dit-elle en allumant une Chesterfield, c'est sur mon ordonnance. Regarde : en soirée, un verre de brandy. Il a mis brandy parce que j'ai dit brandy mais ça peut être un scotch on s'en fout. Il m'aime. Je suis sa chouchoute. Il veut aussi que je marche avec mes béquilles, regarde, lis : *aller-retour jusqu'à la boulangerie* (il sait que j'aime leur cake au pavot). Ça il peut toujours rêver. Le petit tour en béquilles docteur, vous vous réveillez et votre main pend dans le pot de chambre, j'ai dit. C'est une expression hongroise. Ta mère on lui faisait faire du vélo la pauvre. Du vélo ! Qu'est-ce qu'ils ont à vouloir qu'on se remue avant la tombe ? Mais il me comprend. J'ai dit, docteur, pas de douleur. Mort si vous voulez, mais gentiment. Pas de traitement stupide et pas de douleur. Tu te rappelles de mon pauvre Max qui se tordait sur son lit et l'ordure de médecin de ville qui faisait des chichis avec ses plaquettes de morphine ? Dis-moi, tu ne me trouves pas l'air d'une folle avec mes cheveux en pétard ? Antoninos a pris sa retraite. Elle était brave mais elle n'avait pas de chic. Maintenant j'ai une Vietnamienne, une jeune qui a un goût moderne et qui est aussi manucure. Elle cotise au Fonds juif unifié parce qu'elle fait les mains du président qui lui a dit, vous avez cotisé cette année Anh Dào ? Ils font feu de tout bois ces bandits. À la mort de Max, j'ai gardé les orphelins roumains, le cancer, la sclérose en plaques, action contre la famine et je t'en passe, j'ai viré toutes les associations juives. Elles te harcèlent, elles se cramponnent ces sangsues. Aujourd'hui encore certaines me relancent. La synagogue de Calcutta est entièrement en marbre grâce à Max. Ils sont soixante. Je sais qu'il m'en veut. Ton père c'était Israël. Il se faisait plumer par tout Israël. Il donnait à l'armée, à des programmes d'irrigation, à Dieu sait quoi. À sa mort, Marta a tout stoppé. Mais Edgar continuait à la culpabiliser. Il venait la visiter la nuit, pourquoi tu ne donnes plus à Yad Vashem ? Il prenait sa mauvaise tête et elle se réveillait avec un sentiment de culpabilité. Tu es vraiment mignon de perdre du temps avec une vieille peau. Qu'est-ce que tu fais ? Tu es toujours... ? Je ne sais plus ce que tu es mon chéri.

— Expert dans la conductivité des matériaux.
— Ah voilà ! Tu as toujours été un crack !

— Tu parles !
— Ça ne me gêne pas tellement cette vie confinée tu sais. Au contraire. Je ne vois plus les casse-pieds. Je ne souffre pas, à part les douleurs connues. Le soir j'ouvre la fenêtre, j'entends la vie, les jeunes qui passent. Marta avait épousé un emmerdeur qui a mal vieilli. Les gens vieillissent mal. Les juifs surtout. On peut se le dire maintenant, Edgar était un emmerdeur, et un bonnet de nuit. Elle a eu une amourette avec André Ponchon.
— André Ponchon !
— Tu sais à un moment donné une femme cède.
— Mais pas à André Ponchon !
— Si. On cède à qui a tenu bon. Un mari sinistre, trois enfants. On prend ce qu'on trouve mon chéri. Ne cherche pas à rembobiner va. Tout le monde est sous terre, on s'en fout. Et Maurice dis-moi ? Donne-moi des nouvelles de Maurice. Ne lui raconte pas mes misères. Dis-lui que je sors, que je vais au concert, que je suis élégante, toujours en talons hauts, dis-lui que tu m'as rencontrée au bras de Rubi Palatino ha ha ha, non ça il ne le croira pas, d'ailleurs Rubi est mort lui aussi, à moins qu'il ne soit pas mort, j'enterre tout le monde, mais s'il n'est pas mort quel âge peut-il bien avoir le pauvre ?
— Qui est Rubi ?
— Rubi Palatino, un sosie de Porfirio Rubirosa, toutes les femmes en étaient folles. Le mari d'une cliente était venu le menacer dans sa maroquinerie

rue de Provence avec un fusil de chasse. Moi je ne me ferai pas incinérer comme ta mère. Non. Maintenant que j'ai vu cette épouvantable salle, ce trou à rat avec Marta seule au milieu dans sa bière j'ai changé d'avis. Je veux plier bagage dehors. Un petit cérémonial de plein air à Bagneux et hop. La fille de Max m'a demandé si j'acceptais que leur rabbin vienne. Il a tout fait chez eux, bar-mitzvah, circoncision des marmots, enterrement des vieux. Si ça fait plaisir à Max qu'il vienne, qu'il vienne. Qu'est-ce que ça peut faire ?

La réversibilité du jugement à partir des mêmes faits est un phénomène aussi courant qu'inquiétant. Il y a six mois, le faux Argentin était un homme d'une grande virilité, on pouvait même dire d'une virilité moderne, un homme à qui l'idée poussiéreuse ne serait pas venue de devoir payer la chambre d'hôtel, ni d'ailleurs le restaurant et qui acceptait avec une mâle simplicité dorloteries et cadeaux. Un homme libre avait dit Marion dans un accès que je ne peux qualifier. À présent, habillée en ménagère et repassant furieusement un fouillis de vêtements, elle dit, c'est effrayant, ce type arrive à la cinquantaine sans pouvoir payer un tour en barque à sa maîtresse. Il se laisse inviter sans broncher. Il trouve tout normal. Au lac Daumesnil, je farfouillais dans mon sac pour trouver mon porte-monnaie, il s'était déjà installé, manches relevées et rames en main ! Il n'a aucune classe. Jamais une fleur. Pas une petite attention. C'est un rat. Je plains sa femme ! Je comprends qu'elle veuille divorcer.

— Tu le trouvais très masculin, je dis.

— Pour d'autres raisons.

— Non, non, tu le trouvais très masculin parce qu'une femme amoureuse est complètement idiote.

— Et pas un homme ?

— Moins.

Elle lève les yeux au ciel. J'aime bien quand elle est excédée. Dans un jet de vapeur elle dit, maintenant je le trouve minable.

— Tu vas le quitter ?

Elle réfléchit et s'attaque à un drap-housse qu'elle n'arrive pas à positionner sur la planche.

— Tu ne vas pas rester avec un type minable Marion.

— Présente-moi un type qui n'est pas minable.

Luc se déplace comme une ombre dans l'appartement. Il rase les murs à l'affût de l'ennemi caché. J'hésite à dire *moi*. Ce serait complètement stupide de dire moi.

— Moi, je dis.

— Toi ! elle rit.

— Je reconnais que c'est drôle.

— Toi tu me rends malheureuse. Et tu m'as quittée. Et tu es minable aussi.

Luc met un doigt devant sa bouche pour que je ne trahisse pas sa présence. Je pointe discrètement la

cuisine d'où me semble venir la menace. Il se fige en position d'alerte.
— Qu'est-ce qu'il va faire à la fête de l'école ?
— Un truc italien. Je ne sais pas encore s'il doit être un supporter de foot ou un gondolier.
— Un gondolier, il en a vu à Venise.
— Ce n'est pas moi qui décide. Tu aimes mes seins ?
— Beaucoup.
— Tu ne trouves pas que je devrais faire un lifting mammaire ?
— D'où sort cette folie ? C'est le crétin ?
— Ils tombent.
D'un saut furtif, Luc rejoint le seuil de la cuisine et plaque son épaule au chambranle. Je dis à Marion, et si on allait au jardin ? Il ne pleut plus.
— Tu trouves qu'ils tombent !
— Pas du tout ! Et quand bien même ils tomberaient un peu, c'est excitant. Tu n'as pas besoin d'avoir des seins de jeune fille.
— Bon. Allons au jardin.
Le jardin public de Bègues est celui de l'ancien Conservatoire des Écluses. Un endroit mystérieux, en pente, avec de vieux bancs en bois.
Luc court en zigzag en travers des buissons et des arbres. Il parle à mi-voix à un allié à qui il envoie des signaux codés.
Une petite armée de mouettes contemple la statue de Léda enlacée à son cygne sur la pelouse interdite. Un enfant en salopette rouge surgit et s'amuse

à leur foncer dessus. Toutes les mouettes s'envolent et vont se reposer plus loin. L'enfant imperméable à la belle ordonnance les réattaque.
Marion me raconte l'histoire d'une de ses collègues qui a téléphoné au site Internet où elle achète ses croquettes pour chat. Les croquettes ne sont pas bonnes, a-t-elle dit, mon chat est assoiffé après les avoir mangées.
— Quel goût ont-elles ? a demandé la femme à l'autre bout du fil.
— Je n'en sais rien, a répondu la collègue.
— Les croquettes ont-elles leur goût habituel ?
— Mais madame, je ne mange pas de croquettes personnellement.
— Vous pouvez nous renvoyer le paquet ?
— Oui.
— Mais le paquet doit être fermé hermétiquement.
— Heu, oui, je peux le refermer, dit la collègue.
— Non, le paquet ne doit pas avoir été ouvert.
Nous rions. Il fait beau. Je l'embrasse. Elle dit, peut-être que je devrais prendre un animal pour Luc, un lapin d'appartement, ou un perroquet.
— Pourquoi pas un chien, ou un chat ?
— J'ai peur des chats. Et un chien, qui le sortirait ?
Nous marchons autour du bassin rectangulaire. Luc court devant nous les bras écartés.
Marion dit, parfois je crois qu'on devrait vivre ensemble tous les trois.

C'est le moment de prononcer quelque chose de décisif. Mais rien ne vient. Je ne sais pas si ce sont les mots qui manquent ou la pensée qui s'affole prise de court, ou encore autre chose d'éteint qu'on ne comprend pas en soi.
Je pense qu'elle a raison de me trouver minable.

Nana et Serge, dès notre retour d'Auschwitz, ont pris la décision commune et non concertée de ne plus jamais se parler. J'ai dû écouter leurs doléances respectives, chacun ayant à cœur de me décrire l'autre comme une personne *objectivement* infréquentable et de conclure par : ce ne serait pas mon frère (ou ma sœur) je n'aurais aucune raison de le voir. Les deux ont essayé de m'attirer dans leur camp. Ma position conciliatrice n'a fait que les échauffer et m'a valu les attributs de lâche, d'être qui n'a jamais eu d'enfant et ne sait pas ce que c'est d'en avoir, de soumis, de mou, de défenseur d'ineptes valeurs familiales.
Aussi étrange que cela puisse paraître, le dernier point n'est pas sans fondement. La bibliothèque des parents était succincte et peu renouvelée. Elle occupait un petit pan de mur de l'entrée de la rue Pagnol et parmi les traités obscurs, les revues d'échecs, un medley sur Israël et ses exploits, les vies de Golda Meir, de Menahem Begin ou des choses ésotériques comme *La Dianétique* de Ron Hubbard, on pouvait quand même y trouver quelques romans. Je ne crois pas avoir lu autre

chose que des bandes dessinées avant l'adolescence. Mais j'ai toujours aimé regarder et toucher les livres. J'aimais les titres. Les titres suffisaient, ils laissaient entrevoir des mondes, même si je me gourais. Mes préférés quand j'allais dans l'entrée à la recherche du chagrin étaient *Sans famille* d'Hector Malot et *Le Petit Chose* d'Alphonse Daudet, il y avait aussi mais dans une moindre mesure car je n'étais pas sûr de pouvoir le rattacher aux autres *Les Désarrois de l'élève Törless* de Musil. C'étaient les livres du malheur. Mais pas de n'importe quel malheur. C'étaient les livres de l'abandonné, de l'orphelin. Être sans famille et seul au monde m'apparaissait une unique et même chose, et comme la condition existentielle la moins enviable. En est-il resté quelque chose ? Est-ce que mes tentatives pour ressouder notre fratrie ont à voir avec ce vieux schéma ?

Je sortais de mon cours à Saclay quand il m'a appelé. À tous ses défauts je dois ajouter le mauvais karma téléphonique. Encore que je ne vois pas quel pourrait être, le concernant, un bon karma téléphonique. Le bus arrivait. Il voulait me voir. Pour écourter j'ai accepté le soir même un rendez-vous dans un café près de chez moi. Je le regrettais à peine raccroché. Dans le RER j'ai failli le rappeler pour reporter. À quoi bon ? Pourquoi remettre puisque tu ne peux échapper à ce rendez-vous ? me suis-je dit. Mais pourquoi ne puis-je échapper à cette punition ? ai-je pensé. Pourquoi n'ai-je pas le

courage d'opposer une indisponibilité psychique, d'invoquer un genre de neurasthénie post-auschwitzienne ? Mais oui. Je peux encore le faire peut-être ? Quelle complication inutile ! Que de temps perdu ! Y a-t-il quelque impératif dans un cas semblable ? Une *mitzvah* relative à un Ramos Ochoa ?
Il est devant moi. Épaules tombantes et visage affaissé. Ses cheveux ont poussé, des fils blancs torsadés refusent de se joindre aux autres. Je le trouve rougeaud. Aurait-il déjà bu ? Il commande un chardonnay. Moi un Perrier-citron. Il trempe ses lèvres dans le liquide jaune et les lèche. Je découpe la peau du citron et la remets dans l'eau. Il sort un mouchoir et se mouche bruyamment. Les pollens, me dit-il. Il me demande si j'ai été nourri par notre voyage. C'est le mot qu'il emploie. Autant dire que je suis sous tension dès le préambule. Je réponds que je n'attendais rien de spécifique de ce voyage et que je n'ai pas encore décanté ses implications. Il dit, Nana en est rentrée bouleversée. Je hoche la tête. Laissons-le venir. Mais j'oubliais avec qui j'étais ! Il n'est pas pressé. Un silence absurde s'installe. Nous tenons bon. Il finit par dire le regard vitreux, vous la maltraitez. Pourquoi ?
— Qu'est-ce qu'elle te raconte ! m'écrié-je de façon irréfléchie.
— Elle me raconte tout. Y compris ce que vous dites de moi.
— Mais on la taquine ! dis-je en riant.

— Je ne travaille pas dans la fonction publique moi. Je suis sans filet dans la vie.
— Je sais bien.
— Un contrat fixe, donne-le-moi, je le prends.
— Ramos, sois plus intelligent qu'elle. On plaisante, tu nous connais !
— Je vous connais oui, justement, mais peu importe, dit-il d'une voix de glotte étale et affreusement tempérante.
J'ai appris récemment qu'il confectionnait des sandwichs pour les clodos en bas de chez lui.
— Bon. Ce n'est quand même pas pour ça que tu veux me voir ?
Il remue son verre. Sa tête dodeline. On sent qu'il regrette de lâcher si vite le sujet.
— D'abord, reprend-il en marquant des temps impossibles, je veux que tu saches que le projet de fast-food fusion de Victor est remarquable. Ce n'est pas moi qui le dis.
— J'en suis sûr.
— Il a présenté son business plan à son chef référent qui est, je te le signale en passant, Meilleur Ouvrier de France. Le gars lui a dit, c'est simple, si vous l'ouvrez j'investis. Le chef pâtissier qui était à côté a dit, moi aussi. Quant au prof de gestion il a confirmé que le modèle était plus que viable.
— Formidable.
À présent je suis certain qu'il n'en est pas à son premier verre.
— Il n'a peut-être reçu aucune éducation…

— Arrête Ramos...
— Mais j'en ai fait un entrepreneur. C'est un entrepreneur ce gosse. Ce n'est pas un employé.
— Non.
— À son âge, j'avais des ailes aussi. Mais je n'avais pas le sens du contact.
— Hum.
Il siffle son chardonnay et fait signe de le renouveler. Je commande un côtes-du-rhône.
— Une mère ne peut pas entendre dénigrer son fils. À tort qui plus est. Et par son propre frère. Tu ne peux pas demander ça à une mère.
— Elle s'est défendue, je dis. Elle a défendu Victor. Elle ne s'est pas du tout laissé faire.
— Ça l'a démolie.
— C'est exagéré.
— Elle ne dort plus. Elle a les nerfs à vif. Hier elle m'a roué de coups parce que je lave la salade trop lentement et ensuite elle s'est écroulée en pleurs après avoir vidé la casserole des pâtes à côté de l'égouttoir.
— Tu laves peut-être la salade un peu lentement...
— Elle est détraquée et malheureuse.
— Qu'est-ce que je peux faire ?
— Tu dois convaincre Serge de s'excuser.
— Ramos, à l'heure qu'il est, Serge est dans la logique d'attendre lui-même des excuses de Victor.
— Victor ne s'excusera de rien car il n'a à s'excuser de rien, dit-il beaucoup trop fort.

— Alors ne nous en mêlons pas.
— Nana a raison, tu es inféodé à Serge.
Pas le temps de méditer sur l'inédite familiarité (et outrecuidance) de cette phrase car le portable vibre. Maurice ! Excuse-moi, je dis, c'est Maurice. Allô ? Maurice ?... Une voix d'homme chante *Otchi Tchiornyie*, puis la voix de Paulette qui hurle dans l'appareil, tu l'entends ? Il a bu son petit champagne et maintenant il chante !... Oui, oui, j'entends !...
Je mets le haut-parleur pour Ramos... La voix de Maurice même amenuisée a le tranchant et les accents de passion dont sont capables les vieillards... *Otchi jgoutchie, otchi strastnyie...* Ramos observe l'appareil avec effroi. Maurice chante *Otchi Tchiornyie* en entier. À la fin j'applaudis, je dis, magnifique ! On entend des raclements de gorge fous. Bon, on te laisse, crie Paulette.
Ramos dit, ça va lui ?
— Il est cloué au lit.
Il opine avec consternation.
— Ça nous pend au nez ça.
Il se mouche et se frotte les yeux. J'observe ses paupières inférieures lestées. Je n'avais jamais remarqué qu'il avait des poches aussi lourdes. Je sens monter en moi un attendrissement, ce genre d'attendrissement hautement suspect qui nous vient quand les gens affichent des signes de mélancolie. Peut-être est-ce un brave homme ce Ramos ?

Un homme brave et inadapté qui essaye de garder en main les rênes de sa vie.

— Et qu'est-ce qu'on fait ? On perd du temps à se déchirer ! dit-il. On est vieux. On a passé l'âge de ces chamailleries.

Ah le revoilà ! En plus il serait capable de me plomber ce con.

Je dis, tous les gens que je fréquente s'engueulent jusqu'à l'article de leur mort. Et même après.

Il hoche la tête.

— C'est votre petite sœur..., dit-il en s'envoyant une lampée.

— Pourquoi tu n'appelles pas Serge directement ? Pourquoi tu passes par moi ?

— Parce que tu es normal.

— Bonne nouvelle !

— Tu es le seul à être équilibré.

— Tu n'as plus aucun discernement toi.

C'est un fait indiscutable, corbeaux, corneilles, pigeons et peut-être canards adorent la rue Grèze. Ils sont partout. Sur l'auvent du coin Honoré-Pain, sur les toitures et la barrière de sécurité de la garderie, sur le muret et dans les arbres de l'association des cultures francophones, ils discutent sur les trottoirs et s'envolent avec morgue pour concéder la place aux passants. Les résidents font des réunions extraordinaires et des devis qui ne mènent le plus souvent nulle part. Ainsi le mail de ce matin, *Suite à ma visite chez Mme Lupesco gênée par les crottes de pigeons vous trouverez ci-joint deux devis. Le premier concerne les rebords de fenêtre chez cette dame, ce devis résoudra une petite partie du problème, car les pigeons se posent sur le rebord des volets à battants où nous ne pouvons malheureusement rien faire, la solution serait de changer ses volets par des volets roulants ou pliants. Le deuxième concerne le toit en zinc du garage, car lors de ma visite chez Mme Lupesco, nous avons vu une dame du conseil syndical et toutes les deux ont souhaité un devis pour la pose de pics sur toute la surface du toit. Je leur ai expliqué que je ne suis pas favorable à ce type de pose, car cela devient vite sale, tout s'accroche dessus (sacs plastique, feuilles, chiffons, etc.), s'il y a des travaux à effectuer au niveau du toit cela complique beaucoup la situation, et en plus certains copropriétaires refusent d'habiter nez à nez avec une enfilade de pics. Cordialement. Antonio Sanchez. KAKOR. Dératisation, désinsectisation, désinfection.*

Certains copropriétaires, c'est moi. La vue des pics m'oppresse. N'empêche que rue Grèze les oiseaux font ce qu'ils veulent. Ce qui frappe est leur inaptitude à rester quelque part. Ils sont mus par une impatience fébrile, une soif incessante de nouveau poste d'observation, j'aimerais dire de nouvelle activité mais ils ne font souvent que se poser pour repartir se poser ailleurs, s'enfuir d'une balustrade pour atterrir sur celle d'en face et inversement, sauter sur la chaussée pour remonter sur le trottoir, longer telle gouttière, foncer sur une cheminée et revenir sur la gouttière. Aucune logique, aucun repos. Hantise de l'immobilité. Horreur du temps mort. Je pense à Thomas Bernhard qui allait à Nathal pour se remettre de Vienne, repartait à Vienne pour se guérir de Nathal, dans un rythme de plus en plus court d'allers et de retours, avec de fugaces bonds dans d'autres villes aux noms prometteurs, se définissant de cette magnifique formule comme *le plus malheureux des arrivants* qui m'avait toujours fait penser à Serge, incapable de se réjouir d'être quelque part sans aspirer aussitôt à ne plus y être, prétextant la vie durant devoir *se sauver*. Le père disait, il a la bougeotte, toujours mieux ailleurs ! Ça n'augurait rien qui vaille à ses yeux. Il ne voyait que vanité dans cette agitation, il ne voyait que folie ou maladie. Moi je n'ai jamais cru qu'il s'agissait d'une simple agitation. Les oiseaux ne sont ni agités ni fous. Ils cherchent le meilleur endroit et ne le trouvent pas. Tout le monde croit à un meilleur endroit.

Je suis dans son meublé du Champs-de-Mars. Un sombre deux-pièces d'inspiration conventionnelle avec quelques coups de force comme des coussins à motifs léopard turquoise. C'est Seligmann qui a fait la déco ? je demande.
— Va savoir.
Aucune trace de Serge nulle part si ce n'est sur sa table de chevet, le Ganesh en morceaux dans une coupelle, des plaquettes de médicaments entamées,

des livres. Dans la pièce centrale, une plante, épaulée par un tube en PVC gris en guise de tuteur et des crochets sous la corniche, grimpe le long de la fenêtre et sous le plafond. Des fleurs blanchâtres en forme d'étoile réunies en ombelle semblent produire un sirop qui goutte sur le sol. Hideuse cette plante, je dis.

— Oh merde, s'écrie Serge, j'ai oublié de l'arroser ! Il file dans la cuisine et revient avec un arrosoir en plastique rose terminé par un long bec verseur incurvé. Avec une éponge, il s'attaque ensuite aux taches produites par le liquide sur le parquet. Pourquoi tu ne la vires pas ? Elle est dégueulasse.

— Impossible.

— Pourquoi ?

— C'est une entité protectrice.

— Ah bon ?... D'où tu le tiens ?

— Patrick. Il a essayé de s'en séparer mais la plante lui a fait savoir qu'elle devait rester.

Au début des années deux mille, apprends-je, tandis qu'il peaufine le sol avec une spatule, Patrick Seligmann emménageait avec Lucie Lapiower, une cliente du Metal. Les parents de Lucie entre autres largesses leur font cadeau de cette plante, une plante qu'ils avaient vue naître et qui avait crû dans leur magasin de chaussures. Patrick la prend vite en grippe mais Lucie tient à la conserver pour ne pas peiner ses parents. Patrick décide de la tuer discrètement en la nourrissant d'eau de Javel. Il en verse peu au début car il craint d'être repéré par

l'odeur puis de plus en plus. La plante reste imperturbable. Patrick s'enhardit. Il verse du Destop et de l'Ajax. La plante ne bouge pas. Elle semble même prospérer en hauteur, de sorte que les parents débarquent un soir avec perceuse et outils pour aider à son développement mural. Patrick décide de couper les racines. Au moment de procéder, il craint de se brûler les mains avec les produits décapants, enfile des gants de ménage et taille avec de grands ciseaux de cuisine ce qui semble une racine épaisse. La plante s'en porte comme un charme. Il l'arrose d'eau bouillante. Ça fume mais rien ne se passe. Une copine versée dans les sortilèges lui suggère une gousse d'ail au fond du pot. Sa propre mère lui dira, surtout pas d'ail ! C'est un fortifiant ! Lucie tombe amoureuse d'un coureur cycliste et part à Perpignan en laissant toute sa vie derrière elle. À ce stade, Patrick ne voit plus la plante avec les mêmes yeux. C'est un esprit maléfique auquel il ne faut surtout plus s'attaquer. Une voix intérieure lui interdit de l'abandonner. Il la réinstalle confortablement dans un meublé au Champ-de-Mars. Quand il prête le lieu à Serge, il lui raconte les choses sous forme optimisée et change « esprit maléfique » par « entité protectrice ».
Voici l'histoire. Du moins telle que je la décrypte à travers la narration de Serge.
Seligmann est aussi dingue que toi, dis-je. Vous vous êtes trouvés.

— Il l'est beaucoup moins.
Il s'assoit sur le sofa marron. Il prend un des coussins léopard sur ses genoux et entreprend de le tapoter puis de le repasser avec sa paume.
— Bon, dit-il après un silence en continuant son curieux lissage, alors en rentrant d'Auschwitz je suis allé chez le cardiologue. Épreuve de pédalage, normal. Électrocardiogramme, normal. Échographie, plus rien ne va, souffle aortique et dilatation de l'aorte. Il me dit, le souffle est faible mais la dilatation de l'aorte ça peut être sérieux. D'autant qu'elle est au niveau de la crosse, un endroit difficile à opérer. OPÉRER ?! Non, non, pas à ce stade. La dilatation n'est pas très importante mais il faut la surveiller de près parce qu'au-delà d'un certain diamètre il peut y avoir une rupture. C'est-à-dire mort. (Il recommence à tapoter le coussin.) Il m'envoie faire un scanner qui est plus précis que l'écho pour mesurer la dilatation. Donc scanner. Le radiologue mesure quarante-sept millimètres de dilatation du culot aortique, la même que chez le cardiologue...
— Arrête avec ce coussin !
— Oui. Donc dilatation confirmée. Et il dit, en plus, il y a une tache sur le poumon. Il faut la vérifier dans trois mois pour voir si elle bouge. Voilà le bilan. (Il balance le coussin.) J'arrive, j'ai rien, je me retrouve avec trois trucs. Un souffle, une dilatation et un nodule pulmonaire.
S'ensuit un silence.

— Tu as vu un médecin après le scanner ?
— Une pneumologue. Qui m'a dit la même chose. Ça peut être rien du tout comme le pire. À vérifier dans trois mois. J'ai pris rendez-vous.
— Xénotran à haute dose ? dis-je pour plaisanter (je suis à deux doigts d'en réclamer un).
— Pas plus que normal. Par contre, nouveau protocole de conjurations. Dialogue avec la plante.
— Tu lui parles ?
— Bien sûr.
— Je ne suis pas sûr de cette plante.
— Hier soir j'ai mangé une plaque de chocolat entière. J'ai juste remis deux carrés poliment dans le frigo. Tu les veux ?
— Non.
— J'étais invincible. Tout s'est détraqué.
Ça faisait longtemps que je n'avais pas ressenti une telle oppression. Dans le sinistre trou à rat donnant sur la sinistre contre-allée sans la moindre vie où les grands marronniers ne font que confirmer l'aspect sépulcral, je me sens subitement anéanti.
Il se lève et revient avec une imposante boîte rectangulaire où je lis à côté d'une grue jaune sur fond de ville américaine *SUPER CRANE, Superpowerful*.
— Grue de chantier électrique, pour Marzio ! Elle fait un mètre de hauteur. Avec télécommande. Cent euros, en solde à La Grande Récré.
Je me demande si Marzio sera aussi content qu'il l'est lui-même.

— Tu crois que je dois l'emballer dans un papier cadeau ?
— Ce serait mieux. Cent euros ?
— Oui c'est con. Mais je ne voulais pas avoir l'air nul tu comprends. Pas arriver avec un cadeau nul.
— Vous vous êtes parlé ?
— Par textos. Maintenant j'ai peur que Valentina la trouve trop encombrante. Elle est maniaque avec le rangement.
Il allume une clope.
Avec les allumettes, il a sorti le marron de Luc. Il le replace dans sa poche.
— L'anniversaire est samedi douze. La chambre de Marzio est petite. Elle va râler parce qu'elle prend trop de place, je la connais.
— Tu sais à quoi j'ai pensé ? Dis-moi si tu trouves que l'idée est mauvaise. Luc a le même âge que Marzio, je me suis dit qu'on pourrait les présenter…
— Pourquoi pas.
— Oui… Mais il est dans son monde, très introverti. Il n'a pas tellement d'amis. Je me suis demandé, mais ce n'est peut-être pas une bonne idée, s'il ne pourrait pas venir à l'anniversaire de Marzio.
— Appelle Valentina. Elle te dira sûrement oui.
— Qu'est-ce que tu penses ? Ça voudrait dire que je vienne aussi. Luc est timide, il n'irait pas tout seul.
— Viens ! Viens ! Moi je suis terrorisé à la perspective de cet anniversaire. Si tu es là c'est mieux.

— Je ne l'ai jamais appelée depuis votre séparation... Non. L'idée est nulle, oublie.
— Mais non ! Tu dois amener ce gosse ! Je vais l'appeler moi.
— Si tu sens la moindre réticence n'insiste pas. C'est juste un truc qui m'est passé par la tête.
— Bien sûr.
Nous nous taisons. Il éteint sa clope dans un gobelet turquoise et en saisit une autre qu'il agite entre ses doigts. Sur la table basse en bois verni à deux plateaux il n'y a rien d'autre que ce gobelet et l'énorme boîte de la grue.
— J'aurais dû la faire emballer, finit-il par dire. J'ai eu la flemme de faire la queue. Des nouvelles des Ochoa ?
Je dis, non.
— Il fait son fast-food le crétin ?
— Probablement.
— Joséphine s'est fait larguer par le Tunisien. Bon débarras.
— Tu es sûr que tu dois fumer ?
— Sûr.
Il me semble que la plante produit une nouvelle goutte de son liquide poisseux.
J'avais prévu de lui rapporter ce que j'avais appris de Zita sur André Ponchon. Un homme qui jaillissait d'un passé où il n'était rien. Je m'en étais réjoui par avance. Mais je n'en ai pas le courage, je n'ai pas d'énergie pour la légèreté. André Ponchon est

retourné d'où il venait, une forme sans contour qui se délite comme du sable gris.

Mon portable a sonné un peu avant six heures du matin. Chaque nuit je l'éteins ou le mets en mode avion. Pas cette nuit. Oubli ou signe. C'est Paulette. Maurice est mort. Elle est étrangement calme, presque froide, elle dit, il a eu une quinte. Il s'est étouffé. Qu'est-ce que tu veux.
— Tu étais là ?
— Non. Il était avec la garde de nuit (elle baisse la voix), une de ces Antillaises plus grosses l'une que l'autre.
— Tu es où ?
— Avec lui. Elle m'a appelée (baissant la voix), elle a dit M. Sokolov est décédé, d'une voix si molle que je n'ai rien compris.
— Paulette, j'ai rendez-vous sur un site avec des clients indiens, je ne pourrai venir que ce soir.
— Son fils arrive.
— De Boston ?
— De Tel-Aviv. (Soudain gémissante.) Il a l'air d'un bébé ! Dans son petit lit à barreaux ! On a beau s'y attendre mais qu'est-ce que tu veux...
— Oui. Je sais Paulette. Je t'embrasse. À ce soir.

Donc, le monde désormais est sans Maurice.
Le monde que mes yeux voient, ma chambre où les persiennes dispensent déjà une pâle lumière, la

rue Grèze, la rue Raffet, Israël, la Russie, le ciel, le monde de ce jour ne contient plus le cousin Maurice. Maurice Sokolov a terminé son petit voyage circulaire du berceau à la mort sans que personne jamais ni lui-même n'en connaisse la finalité. *Pour quelle raison Créature a-t-elle vécu ? Et pourquoi est-elle morte ?* Enfant je me répétais les mots que Sholem Aleikhem se répète à lui-même dans son conte le plus déchirant. Créature est morte. Plus de joie, plus d'été. *Que veut dire vivre ? Que veut dire mourir ?* Qu'il coure, chante ou s'ébroue dans la rivière avec ses amis, *Pourquoi a-t-elle vécu ? Pourquoi est-elle morte ?*

Et alors que je le croyais disparu dans quelque tréfonds de mon cerveau, je repense à son copain de toujours Serge Makovsky, mort il y a bien longtemps, un géant noceur et drôle, qui avait fini sa route dans une solitude d'angoisse et de ténèbres qu'aucun médicament ne parvenait à tranquilliser. Je l'entends à nouveau dire avec son accent russe, arrivant pas rasé dans ce restaurant, je devais avoir quinze ans, je broie du noir le matin, à midi, le soir, je brrroie, brrroie du noir. Pendant des années je me suis rappelé le terrible son qui sortait de la bouche de ce colosse et l'image produite de corps et d'objets fracassés, je BRRROIE, BRRROIE DU NOIR.

Donc, je soulève mon corps dans le monde nouveau où Maurice n'est plus. Je me traîne dans la

salle de bain, je fais couler l'eau pensant qu'il n'y aura plus son nom sur le portable, plus de rue Raffet. Plus de petit champagne et de pied trépignant. Plus de toque d'astrakan et de bob d'été, plus de Sheraton, de Raffles, de femmes démentes qui frappent la nuit aux portes des chambres.
Tu es tombé dans la trappe de la mort Maurice. Tu n'auras pas eu cent ans.

C'est vrai qu'il est rétréci. C'est encore un Maurice que nous n'avions jamais vu qui gît en chemise rose sous un drap blanc remonté jusqu'à la ceinture, le cheveu bien peigné en arrière. La toilette mortuaire a lissé le vieillard au profit d'un long poupon cireux. Paulette nous a fait entrer dans la chambre en refermant soigneusement la porte derrière. Pour le courant d'air, a-t-elle dit avec un genre de clin d'œil montrant qu'elle tenait à nous protéger de Cyril, le fils de Maurice, et veillerait à ne pas le laisser entrer pendant notre dernier adieu. Les volets sont fermés. Sur la table de chevet médicale il n'y a plus que deux bougies parfumées dont les flammes dansent doucement. Dans le taxi qui nous a amenés, Serge a dit, j'ai été jusqu'en Pologne, j'ai été à Birkenau, et je n'ai pas été foutu de mettre les pieds rue Raffet. Il n'avait pas vu Maurice depuis plus d'un an. La dernière fois remontait à notre visite à l'hôpital après sa chute au Dyadya Vanya. Maurice nous avait reçus écartelé,

plâtré, bandé et en partie suspendu. Comment te sens-tu ? avait dit Serge, penché sur le corps avec une expression d'abattement. Je ne me suis jamais senti aussi bien de ma vie, avait répondu Maurice. Depuis que Maurice était retourné rue Raffet pour affronter sa morne existence d'impotent, depuis que son panorama s'était réduit à la chambre et au sofa en velours côtelé, Serge l'avait ignoré. Il lui avait téléphoné une fois. Maurice dormait. Il ne l'avait jamais rappelé. Même après Auschwitz il n'était pas venu comme il l'avait décidé mais la différence, m'a-t-il dit effondré dans le taxi, était qu'il y avait pensé tous les jours, il avait même prévu de lui apporter le CD des opus 109 et 110 de Beethoven par Dina Ugorskaïa que Maurice avait entendu par hasard à la radio deux ans auparavant et dont il avait dit que seule une juive russe exilée, et de cette beauté, pouvait jouer avec un tel mélange d'humour et d'intériorité, mais il n'avait pas commandé le CD, pris par le temps, par d'autres affaires, par l'empêchement mental c'est-à-dire son égoïsme à vomir, avait-il dit dans le taxi.
Dans la chambre nous nous taisons. Chacun des deux côtés du lit dont les barreaux sont à présent baissés. Me revient en mémoire la descente allègre des Champs-Élysées derrière l'homme carré en manteau de laine de chameau, nous étirions nos jambes pour rester dans ses pas, jusqu'au Normandie où Kirk Douglas nous attendait avec un esquimau.

Se peut-il que Serge revoie aussi ce trajet de pure joie ?
Une image suffit pour faire tenir un homme entier.

Au salon où nous finissons par retourner, Paulette a servi le petit champagne. Sur le canapé en velours côtelé, devant l'immense, terne et vaguement excitante reproduction de *L'Odalisque* de François Boucher, il y a Maddie la troisième femme de Maurice, Tamara Blum devenue une petite crevette aux cheveux mauves, et Yolanda la jolie infirmière du soir. Venez vous asseoir les garçons ! dit Paulette. Les garçons, ce sont nous, le kiné et Cyril Sokolov. Les femmes se poussent pour faire de la place. Quelques abat-jour en soie jaunie avec des cordons qui pendillent dispensent une lumière à se flinguer. Vous connaissez monsieur et madame Fonseca qui nous ont sauvé la vie, dit Paulette en rapportant deux autres sièges. Assis sur deux fausses chaises Louis XVI collées l'une contre l'autre les concierges se lèvent pour nous saluer. Cyril doit avoir approximativement l'âge de Serge mais sa coiffure typiquement américaine le classe tout de suite du côté des vieux rafistolés. Il n'y a que les Américains pensé-je, pour marier ce gonflé de teinture noisette sur le dessus et **une frontière** si nette avec tempes et pattes blanches. Rien en lui ne rappelle son père, c'est un être banal et pansu surgi d'on ne sait où. (Je ne reconnaîtrais pas sa mère. Nous ne l'avions aperçue que furtivement au mariage à Tel-Aviv.) Il s'est assis sur une chaise indépendante plus haute que le sofa. Il nous remercie Serge et moi d'être venus, de nous être si aimablement préoccupés de son père, surtout durant cette éprouvante dernière année (Serge coincé entre Tamara et Maddie bredouille quelque chose pour s'extraire du compliment mais Cyril n'écoute pas), il nous dit que Maurice nous aimait beaucoup, qu'il lui parlait de nous, etc. À l'entendre père et fils étaient intimes, deux indissociables du même bois que les kilomètres n'avaient fait que rapprocher. Maddie lui demande s'il est heureux dans son nouveau job. Que n'a-t-elle dit ! Très, répond-il en aspirant une olive. Et pour l'intérêt général il entreprend d'expliquer par le menu en quoi consiste sa qualité d'expert en évaluation d'entreprises. Tamara et Maddie opinent bravement aux mots de croissance externe ou projets de cession et quand il en arrive à sa forte implication sur les questions de management responsable et durable, il booste son menton en avant en reproduisant l'expression d'humble contentement de Bill Clinton. Ah ma bonne Paulette ! soupire-t-il en la prenant par les épaules. Où trouves-tu ces olives ? Serge demande à ses voisines s'il peut fumer. Je préférerais pas, dit Cyril, j'ai des poussées asthmatiques depuis mon second divorce. Un Casanova, comme son père ! dit Maddie. Cyril rit d'aise. Au nom de Maurice, déclare Paulette, je propose de porter un toast à tous ses bienfaiteurs ! À Yolanda !... À Yolanda !...

À François, un héros ! (le kiné ouvre ses bras en signe de je n'ai fait que mon travail)... À François !... À Margarida et Joao qui sont maintenant des amis et qui mériteraient la médaille de la générosité et du cœur !... À Margarida et Joao !... Joao Fonseca se lève et dit les larmes aux yeux, à monsieur Sokolov notre bien-aimé dans l'immeuble !... À Tamara, reprend Paulette, sa plus vieille amie !... À Tamara !
— Je ne vois pas en quoi ça mérite un toast, dit Tamara.
— Ne fais pas ta modeste !
— D'abord on ne dit pas vieille, mais ancienne. La plus ancienne amie.
— La plus ancienne amie ! Et la plus casse-pieds !
— Elle ne sait pas se taire. C'est un moulin à paroles qui cherche à combler tous les trous, me glisse Tamara.
— Amuse-toi, je suis sourde, dit Paulette.
— Mais pas muette, dit Tamara.
— Et où est Albert ? je demande.
Tamara me regarde avec effarement. Maddie se penche et me souffle, on l'a enterré il y a un mois.
— Et Auschwitz alors ? s'écrie Paulette qui a peut-être débouché le petit champagne un peu trop tôt. Vous ne nous avez pas raconté Auschwitz ! Ils sont allés à Auschwitz avec leur sœur. Comment c'était mes enfants ? Effroyable non ?
— Ah vous y êtes allés aussi ! dit Cyril. Ça devrait être obligatoire. Moi, j'en suis revenu métamorphosé. (À nouveau le menton de Clinton.)

— En quoi ? dit Serge.
Les Fonseca essaient de suivre.
Tamara secoue la tête dans un mouvement perpétuel déroutant.
Serge se lève.
— Excuse-moi mon vieux, mais je vais aller fumer à la fenêtre.
— Et moi je veux fumer avec vous ! dit Maddie subitement excitée. Si vous permettez.
— Vous me vouvoyez Maddie ?
— Ah bon, je te dis *tu* normalement ? Tu vois comme je suis chamboulée.
Tamara dit, elle fera son aguicheuse jusqu'au cimetière celle-là.
Sors ton fiel Tamara !
Je souris à l'infirmière. Elle est mignonne cette fille droite et silencieuse.
Paulette se laisse tomber sur le canapé. Tu te souviens Cyril, quand Maurice est reparti en marche arrière de chez les Cronstadt en bousillant l'arrière de la voiture et en écrasant tout leur parterre d'hortensias ! Ha ha ha ! Il faisait nuit noire, il ne voyait pas les vitesses ! Comme on a ri !
Cyril sourit à l'américaine avec des dents qui me semblent curieusement élargies depuis la dernière fois.
— Que sont devenus les Cronstadt ?
— Morts mon chéri ! On tombe comme des mouches maintenant tu sais. François, j'ai fait pour vous ces toasts au saumon.

— J'en ai mangé trois, dit le kiné.
Paulette se relève et actionne un interrupteur.
— Non ! Éteins ce plafonnier Paulette, par pitié, je m'écrie.
Quand nous partons je la prends à part. Personne ne m'a dit qu'Albert Blum était mort, dis-je.
— Eh oui, qu'est-ce que tu veux… Tamara l'a mis dans un établissement, il a tenu trois jours.
Je lui demande de m'expliquer le changement d'état d'esprit de Maurice. Après m'avoir harcelé pour que je l'aide à en finir, il n'en parlait plus. Même avant son attaque, il semblait avoir accepté son sort. Antidépresseurs, me glisse-t-elle à l'oreille.
— Il était au courant ?…
Elle secoue la tête.
— Penses-tu ! J'émiettais le comprimé dans son yaourt.

Dans le taxi de retour, je demande à Serge, sur une île déserte ? Ramos Ochoa ou Cyril Sokolov ?
— Trop dur.
— Sachant qu'aucun ne sait chasser ni couper du bois.
Il acquiesce. Il réfléchit.
— Cyril Sokolov, finit-il par dire.
J'en conviens. Il a eu une vie. Il peut parler du Massachusetts.

La réponse de Paulette m'a déclenché un séisme obsessionnel. J'étais prêt, oui, me dis-je les yeux grands ouverts dans le noir, à préparer de mes propres mains le breuvage létal. En dépit d'humiliantes exhortations à ne pas m'en mêler, j'étais disposé à lui tendre le verre et la paille. J'avais enduré le discours outragé et infantilisant du professeur Soulié-Ortiz dont on m'avait dit qu'il pouvait – sous certaines conditions – délivrer le cocktail magique. Tu ne désarmais pas, à peine franchissais-je le seuil de ta chambre tu me disais, on en est où mon petit ? J'admirais ta coriacité à vouloir te supprimer Maurice, je la mettais au rang du panache qui avait coloré ta vie. J'étais ton frère d'armes. Tu m'avais désigné et j'étais l'homme qu'il te fallait. Je trouverai la recette m'étais-je promis, je passerai les bornes pour te sortir de la sombre calamité qu'était devenue ta vie. Une petite pilule concassée dans le yaourt et bye bye l'intrépide projet, ruminé-je allongé, le corps raide et amer. La balade avec le kiné et le bazar de tuyaux (après t'être proclamé réfractaire à tous les soins), le saumon que tu acceptais à nouveau, le petit champagne du soir c'était pour avoir la paix, m'étais-je dit, pour ne pas décevoir l'essaim qui te choyait et te grondait, c'était ce que je m'étais dit, et je trouvais, dans mes meilleurs moments, déchirant et admirable que toi, l'homme le plus impatient du monde tu présentes ce visage fataliste. Que tu te sois acclimaté à ta situation, je dois l'avouer, m'avait quand même déçu. Quand ta détermination s'était amoindrie, me souviens-je en fixant le plafond, j'avais déploré cette infidélité à toi-même, et d'une façon plus large l'inclination des êtres à s'adapter à toutes les circonstances, à se résoudre aux enfers les plus dégradants. En même temps, me disais-je, empêtré moi-même à ton chevet dans des angoisses contradictoires, comment ne pas reculer aux abords du grand trou vide ? Les bêtes se paralysent quand elles sentent la mort. Si encore tu t'étais cabré ! Si encore j'avais perçu quelques éclats de terreur ou de révolte ! Non, tu te montrais résigné, tu partais docilement à l'abattoir. Nous avons besoin de modèle pour valider notre conception de l'homme. Tu étais mon modèle cousin Maurice. En flanchant tu n'avais rien fait d'autre que me trahir. Et maintenant ce cachet pilé dans le yaourt ! Le pire étant peut-être le yaourt, pensé-je, comment en étais-tu arrivé au yaourt ? Sûrement donné à la petite cuillère par une de tes nurses. Yaourt à la vanille plus poudre anti-idées noires destinée à booster tes synapses, me dis-je en rallumant la lampe de chevet, comme si dans ton état de marasme et d'infirmité la mort était une idée noire. Tu étais toi-même trahi mon pauvre Maurice. Paulette et la doctoresse avaient régenté ta fin de parcours *qu'est-ce que tu veux*. Tu n'en savais rien. Mais tu acceptais le yaourt. *Son* yaourt, avait dit Paulette. Le dessert de l'enfant et du vieillard. Le yaourt, ce non-aliment déjà condamnable pour son seul conditionnement, procédait-il d'un penchant dissimulé ou de l'afflux de sérotonine dans ton système nerveux ? Dans ce dernier cas, pensé-je en me levant pour me servir un verre de vodka, dans quoi les salopes avaient-elles concassé les premiers cachets ?

Marion m'a expliqué que l'amas graisseux qui arrondit le haut du dos des femmes et les catapulte dans un autre âge s'appelle la bosse de bison. C'est la bosse de bison bien dégagée par les cheveux retenus en queue-de-cheval que je revois dans cette nuit d'insomnie, la tête en avant et le téléphone collé à l'oreille. La lanière rouge du sac qui lui barre la poitrine et le ventre. Les pas mal assurés sur le gravier. Les deux wagons dont je me demande encore s'ils sont d'époque ou reconstitués, comme si cela faisait une différence, et pourtant je sens que ça en fait une sans bien saisir pourquoi. C'est le corps de ma sœur que je vois, et notre solitude le long de la voie ferrée. Je ne pense pas aux milliers de déportés absurdement transbahutés là dans un autre siècle mais au corps vieilli de ma sœur. Peut-être n'est-ce pas tant le corps vieilli que l'énergie déployée à vide, la tête en proue, les jambes lourdes et actionnées pour d'illisibles espérances. Ou bien le blue-jean foncé et épais, d'une coupe bâtarde, choisi pour son confort et son caractère soi-disant relax qui témoigne à lui seul de l'âge, de la guillotine entre passé et présent. J'ai pitié de ces wagons inutiles. J'ai pitié de la femme pleine de bonne volonté venue de loin avec sa besace rouge. Je vois clairement cette nuit notre peu de poids, notre rien-du-tout.

Serge m'annonce d'une voix survoltée au téléphone, *deux bonnes nouvelles*. Aussitôt je pense, tout en mesurant le déraisonnable d'une telle pensée, plus de problème cardiaque, plus de tache au poumon. À vrai dire la tache me préoccupe davantage que le cœur. De toute façon il n'est question ni de l'un ni de l'autre. Il a trouvé un appartement pour Joséphine. L'appartement est un deux-pièces de trente-cinq mètres carrés, au deuxième étage sans vis-à-vis dans une rue au-dessus de Saint-Lazare. Il est habité par une arrière-cousine de Patrick Seligmann (encore lui). Affaire du siècle, selon Serge, trente pour cent au-dessous du marché. Il n'a vu que les photos et veut que je visite avec lui. Je pose quelques questions. Pourquoi vend-elle trente pour cent au-dessous du marché ? Elle est pressée, elle a acheté un truc dans le Midi à côté de sa fille, elle ne veut pas entendre parler d'agence. Comment comptes-tu payer ? Ça c'est l'autre bonne nouvelle, rit-il, je te raconterai de vive voix.
Nous remontons la rue Adalbero-Klein. Aucun commerçant. Un quartier vaguement sinistre qui me semble peu en rapport avec le tempérament de

Joséphine. Je m'en ouvre à Serge. On t'offrait un appartement toi à vingt-cinq ans ? dit-il. Elle ne va pas en plus choisir le quartier ! Il est en chemise blanche, aminci, je le trouve particulièrement en forme. L'autre bonne nouvelle c'est la vente du garage à Jean-Guy Aboav le frère de la femme de Jacky Alcan. Il me raconte comment il l'a ambiancé. Jean-Guy, j'ai dit, dit Serge, premièrement, il faut que tu saches que moi ce n'était pas l'opération immobilière qui m'intéressait mais l'exploitation commerciale du fond. C'était le garage. J'ai toujours aimé les bagnoles. Je voulais faire du Oldtimer, avec le retour du vintage. Sauf que maintenant tu as des plateformes online où tu as tout ce que tu veux. Tu peux visiter l'auto avec des vidéos 360 aussi bien que si tu étais sur site et tu fais ça du fond de ton lit. Autre problème, j'ai dit, j'imaginais faire aussi un peu de garage tradi, tu vois, pour des remises en état. Avec les chaînes Norauto, Feu Vert, qui te proposent un pack révision à 69 euros, c'est mort. Par contre, toi Jean-Guy, tu as de l'or entre les mains. Autour tu n'as que de la maison de ville. Ils vont forcément autoriser les R+2. Le sous-préfet est sur le coup. Côté mairie, ils vont pousser à la roue et en profiter pour faire une opération de requalification urbaine, reprendre la chaussée, le front de rue de façade à façade, bref le quartier va s'envoler. Tu fais une jolie petite réalisation de deux étages. Tu es le roi !

Déjà je l'ai senti bien accroché mon Jean-Guy. Je vais te dire Jean-Guy, j'ai dit, si je n'étais pas pressé, pour rien au monde je revendrais. Le problème c'est que je dois récupérer un peu de pognon pour loger Jo. Touche finale. C'est bon quand tu dis à un juif que tu dois loger ta fille. Pour finir, je lui ai refilé mon notaire qui lui a dit les mêmes choses qu'à nous, c'est-à-dire rien.
Arrivé devant l'immeuble, Serge me vante l'élégance modeste de la façade. Nous montons à pied. La cage d'escalier sent la viande grillée. Un ascenseur très étroit y a été encastré au forceps. La femme qui nous ouvre est minuscule et sautillante. Elle porte un haut de survêtement rouge et une jupe longue d'une rare épaisseur. Serge lui saisit les deux mains. Elle lui arrive à la poitrine. Elle est tout sourire. La porte d'entrée donne directement dans le séjour. Quand elle se dégage pour nous laisser admirer l'espace, elle fait un entrechat. La pièce est constellée de petits objets en verre. Il y en a partout. Sur le buffet, la table, les étagères, sur la tablette du radiateur. Il y a quelques gobelets, des boules, des mini-cruches, sabliers ou autres alambics, mais la collection est constituée essentiellement d'animaux, oiseaux, chevaux, poulpe, chat, ours, coqs multicolores... Elle nous montre sa figurine de wapiti qui trône sur un socle et dont elle semble spécialement fière. Je la compliment. Elle rit et caresse amoureusement les cornes. Serge

est déjà dans la chambre. Il m'appelle pour que je contemple la vue dégagée et mélancolique. Un mur bas, derrière lequel dépasse le toit d'un atelier désaffecté, du lierre, quelques arbres tordus. Charmant non ? s'émerveille-t-il. À cet instant même le sol se met à trembler, un grondement terrifiant surgi des murs, tandis que s'entrechoque toute la ménagerie dans un concert de cliquetis suraigus. Après quelques longues secondes, tout rentre dans l'ordre. Notre hôtesse plie une serviette qu'elle range en bas du buffet. Elle n'a prêté aucune attention au phénomène. C'était quoi madame Ehrenthal ? dit Serge. La petite femme rit. Oh, le métro ! Il fait ça toutes les deux minutes. Mes chéris s'amusent !
Dehors, nous traversons pour voir de plus près le sympathique atelier. De la fenêtre j'avais repéré un panneau sur le muret. Accolée à l'affichage du permis de construire, une image projective de synthèse présente un complexe d'une quinzaine d'étages. Je le désigne à Serge d'un sobre index.

Marion a trouvé moyen d'endimancher Luc au point que je le reconnais à peine. Elle lui a mis un gilet sans manches sur une chemise à pois bleus de petit catho, un pantalon gris sur-repassé et des chaussures en ciment. Je ne parle pas de la coiffure au râteau qui me rappelle certaines photos de classe des années soixante. Il a l'air de l'idiot du village qu'on a déguisé en garçon d'honneur. Je dis à Marion, c'est un anniversaire d'enfants ! Marion le trouve beau. Elle accepte d'enlever le gilet. Sur le reste, elle se montre intraitable.

J'ai garé la voiture dans une rue transversale. Marion nous fait des signes d'au revoir par la fenêtre. J'attends que nous ayons contourné l'immeuble pour chiffonner un peu la chemise et ébouriffer les cheveux. Luc se laisse faire, complètement raide. Dans l'auto, je lui explique où nous allons. Je lui parle de Marzio, de Valentina, de mon frère Serge que nous allons chercher. Je le vois dans le rétro n'écoutant qu'à moitié. Il dit, ton frère ? Oui. Il a quel âge ? Mon âge, un peu plus. Je mets de la musique ? je demande. Il veut bien. Je mets *Les Mots bleus* de Christophe dans la version Bashung. Il se balance en souriant, il répète, *je lui dirai je lui dirai…* Il fait beau. On est bien je crois.

Serge nous attend devant chez lui. Costume d'été. Rasé de près. Sur le trottoir l'énorme paquet merdiquement emballé de la grue. Il l'installe fébrilement sur la banquette arrière à côté de Luc. On va arriver en retard, pourquoi c'était si long ? dit-il.

— On vient de Bègues.

— Vous avez apporté un cadeau ?

— *Le Grand Récit de l'univers.* Tout sur la formation de la matière, aussi bien sur Terre que dans les étoiles et les galaxies. Bonne idée tu crois ?

— Sûrement. J'ai un trac. Je peux fumer dans la bagnole, non hein ? Il se tourne vers Luc. Ça

t'embête mon petit coco si je fume ? Luc fait non de la tête. Tu es sympa toi.
Il fume.
— Sois moins nerveux. Tout va bien se passer.
— Vite dit.
— C'est elle qui t'a proposé.
— J'ai pris deux Xéno.
— On va à un goûter d'enfants !
— Justement.
Valentina nous ouvre. Souriante et fraîche.
— Marzio ! Serge est là !
Marzio déboule et se colle à Serge. Serge est empêtré avec son paquet. De sa main inoccupée il lui empoigne le bas du visage. Fais voir ta bouille toi. Regarde mon petit vieux ce que je t'ai apporté !
Valentina embrasse Luc. Elle le débarrasse du *Récit de l'univers* que je lui ai collé dans les mains. Comment t'appelles-tu ?
— Luc.
— Moi c'est Valentina.
Valentina dit qu'elle est heureuse de me voir. Des enfants de différents âges crient et courent en tous sens. Dans le salon j'aperçois quelques adultes, surtout des femmes. Marzio enserre le gros paquet. Défais-le, dit Serge. Qu'est-ce que c'est ? dit Valentina. Pas dans l'entrée, pas dans l'entrée ! Mais Marzio a déjà arraché le mince papier cadeau. Apparaît l'image du jouet en plastique jaune sur fond de gratte-ciel. Grue de chantier électrique !

annonce Serge. Dans la chambre, ordonne Valentina avant de filer dans la cuisine d'où on l'appelle. Marzio emporte sans excitation la boîte dans la chambre. Nous le suivons. La petite chambre est déjà envahie. J'aperçois l'emballage d'un robot programmable, sur le lit un appareil numérique photo/caméra étanche pour enfant, des livres divers, un kit d'explorateur avec lampe frontale, jumelles, boussole. Par terre, des enfants très petits regardent un dessin animé sur un iPad. Marzio défait le carton. La grue est à assembler. Les éléments se dispersent au sol. Le mode d'emploi est aussi large qu'une carte Michelin déployée. Une musique assourdissante jaillit du salon. Arista ! s'écrie Marzio qui nous plante sur-le-champ (j'apprendrai plus tard qu'il s'agit d'un chanteur nommé Harry Styles). Luc s'agenouille et soulève le bras de déport de la grue. Je dis, tu veux qu'on la monte ? Oui, oui, montez-la, dit Serge. Luc ouvre déjà tous les sachets en plastique contenant les pièces. Un petit mioche rampe vers nous et s'empare du godet. Serge le lui retire des mains. L'enfant veut pleurer mais change d'avis. Serge s'assoit sur le lit. Base, mât et flèche s'assemblent facilement, contrepoids, branchement et câblage ne posent aucun problème. De son poste d'observation Serge fume et menace le petit avec un air mauvais à la moindre tentative d'approche. Les rondelles des poulies sont minuscules, je n'arrive

pas à voir où on passe les fils. Serge s'impatiente. Luc veut le faire à ma place. Ils m'énervent. En totale surchauffe, j'arrive à placer les fils de traction et le crochet. Tout est prêt. Luc veut actionner la télécommande. Non, non, moi d'abord. Je tiens à vérifier en first la qualité de mon travail. La flèche va et vient. Le godet descend et remonte. Ça marche ! Marzio ! Marzio, crie Serge depuis la porte de la chambre. Comment veux-tu qu'il t'entende avec cette musique ? Il disparaît. J'ai soif. Je parviens à me relever bien que mes articulations se soient soudées et laisse Luc avec la grue. Dans le salon les enfants dansent en faisant des pitreries. Marzio a mis des lunettes roses et prend des poses de tête révulsée que d'autres enfants miment. Quel horrible cabotin, me dis-je. Une bêtise d'avoir songé à réunir ces deux garçons aux antipodes. J'apporte un Coca à Luc. Les petits ont délaissé le dessin animé pour le regarder manier l'engin. Tu ne veux pas venir danser avec les autres enfants ? Non.
Je rejoins Serge qui erre près du meuble bibliothèque. Plus trace de mes livres, rien, me glisse-t-il, elle a tout bazardé. Une femme dansotte avec un bambin en nous matant. Elle lui agite faussement les bras comme si c'était une image charmante. Il fait très chaud malgré la fenêtre ouverte. Ne parlons pas de l'exceptionnel niveau sonore dû à la musique et aux stridulations diverses. Nous

allons dans la cuisine en quête d'eau fraîche. Valentina termine de disposer les bougies sur le gâteau. Serge propose de les allumer avec son briquet. Il s'exécute avec agilité. *Magnifico*! s'exclame Valentina. Elle saisit le plat et lui met entre les mains. Tiens. Apporte-le, toi! Jean, tu peux faire arrêter la musique? Valentina prend la tête d'une petite procession en entonnant *Happy Birthday*. Serge suit avec le gâteau. Il chante aussi, pénétré de son rôle inespéré. Je vais chercher Luc. Dans l'étroit couloir j'entre en collision avec une femme qui rapatrie les petits. Tout le monde entoure Marzio qui entame sa troisième grande inspiration. Enlève tes lunettes! dit Valentina. Quatrième inspiration et soufflement. Extinction des dix bougies. Applaudissements. Serge aide à servir les parts, passe les assiettes. Il y a aussi une glace à la vanille. Il plaisante avec les enfants, rajoute çà et là, en douce, un bout de massepain ou une feuille confite pour les plus gourmands. Il va même jusqu'à installer un bavoir en papier au cou d'une fillette. Je ne l'ai jamais vu aussi empressé. De ma vie. Luc se carapate dans la chambre dès qu'il est servi. La femme qui dansait me parle. Je crois qu'elle commente le gâteau. Un fraisier. Peut-être qu'elle me demande qui je suis. Qui je suis? Son fils lui tire la robe avec des doigts collants. Elle le repousse gentiment. Elle est atrocement enjouée. J'ai le chic pour attirer des femmes atrocement enjouées. Il me semble que Serge et Valentina échangent

quelques mots. Des mots par-dessus la table, au milieu d'autres gens, mots de rien du tout voletant comme des plumes. Elle rit. Il arrive encore à la faire rire, me dis-je, rien n'est perdu. Et j'en éprouve un inexplicable pincement. Marzio revient se coller à lui avec ses lunettes à monture et verres roses. C'est quoi ces lunettes ? demande Serge. Les lunettes de Dough Trash, dit Marzio.
— Il va s'abîmer les yeux, dit Valentina.
— Il n'a pas encore vu sa grue. Jean l'a montée.
— Mais va voir ta grue que Jean a montée Marzio !
— Ah oui.
Marzio et Serge partent dans la chambre. Je les suis.
Illico je constate le bruit anormal. Un patinage du moteur qui m'évoque visuellement des piles en train de griller. Les fils qui maintiennent le godet se sont emmêlés. Luc essaye d'une main de les désentortiller et continue de l'autre à s'acharner sur le boîtier. Tout le mécanisme est enrayé. Arrête, arrête ! je dis.
— Qu'est-ce qu'il se passe ? dit Serge.
— Les fils sont sortis des poulies et se sont emmêlés.
— Qu'est-ce qu'il a fait ! Qu'est-ce que tu as fait ? Luc se recule, effrayé.
— Il n'a rien fait. C'est très fragile ce truc !
— C'est pas fragile, ça doit juste être manié avec délicatesse !

— Qu'est-ce que tu en sais ? Ce n'est pas toi qui l'as assemblée !

Je m'accroupis comme je peux, le dos à moitié brisé.

— Il faudrait un coupe-papier, je dis. Ou une épingle. Le problème c'est la taille des rondelles...

— Qu'est-ce qu'il a fabriqué ? Il a tout pété. Il a tout pété cet idiot !

Il se tourne vers Marzio.

— Tu ne l'as même pas vue marcher toi ! Tu as vu comme elle est belle ? Elle marchait admirablement !

Luc se met à pleurer. Marzio part en courant. Il crie, maman ! maman !

Je caresse les cheveux de Luc. Ce n'est pas de ta faute, c'est de la merde ce machin. Ne pleure pas. Valentina arrive en trombe, Marzio dans son ombre.

— Mais c'est monstrueux ! Il ne peut pas avoir ça dans sa chambre !

— Pourquoi ? Elle est magnifique ! dit Serge.

— Ça mange toute la pièce ! On ne peut plus bouger ! Tu sais qu'il n'y a pas de place dans cette chambre ! Tu le sais. Tu as vécu ici !

— Il n'a qu'à la coller contre le radiateur ! Il a dix ans. À son âge j'étais heureux dans un capharnaüm !

— On ne peut pas garder cette grue. Et arrête de toujours ramener les choses à toi !

— De toute façon il l'a bousillée, dit Serge.
Je balaye la flèche d'un revers de main et balance le mât par terre. Voilà ! Maintenant elle est vraiment bousillée ta grue de merde.
Je me relève. Je suis désolé, dis-je à Marzio.
— Je ne l'aimais pas trop, dit Marzio toujours dans la jupe de sa mère.
— Tu sais bien que ce n'est pas le genre de choses qui l'intéressent, dit Valentina à Serge.
— Non, je ne sais pas. Qu'est-ce qui l'intéresse ? La PlayStation ? Ses lunettes de tafiole ? Qu'est-ce qui t'intéresse mon vieux ?
— Viens Luc, je dis. Excuse-nous Valentina, on s'en va. Merci pour ton accueil.
— Je n'aime pas que cet enfant pleure, s'émeut Valentina.
— Il s'en remettra.
Je prends la main de Luc et nous nous enfuyons.

C'est au père que je pense quand je vois dans le rétroviseur le petit visage cramoisi de Luc. Je pense au père, à son génie de l'humiliation, à sa faiblesse. Une faiblesse qui passe de père en fils, comme tout finalement passe de père en fils en dépit de la vigilance ou du rejet, la mauvaise foi, la claudication, les accès de médiocre démence ; une dévolution sournoise et accablante. Je ne peux pas revenir à Bègues avec cet enfant endimanché bouffi de pleurs rentrés. Où mènent les pleurs ? Toi aussi

Serge tu avais le nez rouge, tu ravalais tes larmes, tu es devenu un pauvre type, cinquante ans plus tard un crétin brutal.

— Qu'est-ce que tu veux faire Luc ? Allons nous amuser tous les deux quelque part.

Je vois ses lèvres bouger. Il murmure quelque chose. Parle plus fort, je n'entends pas.

— À la piscine...

— À la piscine c'est difficile. Il est tard. On n'a pas de maillots, on n'a rien... Redis-moi les mouvements de la brasse...

— Prière...

— Prière... Et ?... Après la prière ?... Sous...

— Marin...

— Attends, j'ai une idée géniale ! Tu vas être content.

— Quoi ?

— Une surprise.

Dans le rétroviseur, il m'a semblé un peu content. Le soleil rentrait dans la voiture. Tout était bien. Ou alors tout était triste. Allez savoir comment sont les choses.

À l'entrée des Invalides, j'ai dit, tiens regarde, ils ont mis un Panzer 4. Enfant, je reconnaissais tous les modèles allemands de la Seconde Guerre mondiale. Luc s'en fichait complètement, il ne savait même pas que je parlais d'un char. Dans la cour d'honneur, il était intimidé par les canons. J'ai dit, tous les grands généraux français sont enterrés dans cette chapelle. À son âge une phrase pareille pouvait me conduire à je ne sais quelles visions surréelles et macabres.

Au musée des Plans-reliefs, Luc fait lentement le tour de l'immense maquette de Bayonne. Il s'arrête un peu pour regarder le pont et la forteresse et reprend son tour traînant le long des champs. Tu sais le nom du fleuve ? je dis, l'Adour. Je me retiens de le gaver d'informations. Il refait un tour à l'envers, le regard déjà vers la maquette de Blaye. Il va à Blaye. Il va d'un fort à l'autre d'un pas engourdi. Il fait le tour du château d'If, de Belle-Île, de Perpignan. Il erre d'une boîte vitrée à une autre. De temps en temps, il s'arrête pour regarder les enceintes, les fortifications, la mer, les maisons enchevêtrées. Je dis, on dirait tes villes ! Regarde : Saint-Tropez ! (Pourquoi s'intéresserait-il à Saint-Tropez ?) Regarde le château d'Oléron ! Tu as vu les petits cônes de sel sur les marais salants ? Tu ne trouves pas qu'elles sont belles ces maquettes ? Je voudrais qu'il coure comme il le fait toujours. Je sais qu'il est heureux quand il court. Il ne court pas. Il va s'asseoir par terre, dans un coin sombre contre le socle du buste de Vauban. Je lui prends la main, viens je vais te montrer un truc. Je l'emmène dans une pièce que je connais. On y voit les outils et les matières qui servent à fabriquer les maquettes. Je lui montre la vis pour percer les trous des arbres, les sables de diverses couleurs et textures dans des compartiments de bois pour les routes et les chemins. La roulette qui fait les sillons des champs ! Toutes les soies, toutes les poudres à teinter pour les reliefs et les cultures. Luc colle son nez aux vitrines, il s'intéresse aux ustensiles. Je le ramène dans la galerie. Viens voir le Mont-Saint-Michel. La maquette a été faite pour Louis XIV par les moines de l'Abbaye. Tu connais Louis XIV ? Il le connaît. On dit même qu'elle a été fabriquée par un seul moine ! Au Mont-Saint-Michel, Luc reprend vie. Il fait un tour de l'île, un autre, il finit par courir le long de la mer et des remparts, il sautille, va d'avant en arrière, je le vois gravir, en secret, de nuit, les marches abruptes qui séparent les falaises, je sens qu'il file tête baissée sur le chemin de ronde. Je dis, où tu habites ? Quand il termine ses propres villes, il me demande toujours où j'habite. Il refait un tour en se concentrant. Il habite en haut de la muraille devant une tour semi-circulaire. Ah oui, pas mal ! — Et toi ? J'hésite. J'ai repéré une maison dans le village avec un jardinet mais j'ai peur de manquer de vue. Je dis, viens voir Luc les cellules des moines, je les lui éclaire avec la lampe de poche du portable. Lit, table, images pieuses. Il regarde vite fait les parties cachées du monastère, les tableaux à l'intérieur de l'église qu'on ne voit pas sans lumière, et s'enfuit quelque part dans les ruelles caillouteuses. Il est redevenu Luc. Tout est bien. Ou triste. On ne sait.

Embouteillages à la sortie de Paris. J'appelle Marion de la voiture. Elle est au bord des larmes à cause d'une énième altercation avec le voisin du dessous. Aujourd'hui drame d'arrosage. L'eau des plantes de Marion tombe dans le bac à géraniums du voisin et rebondit en une giclée terreuse sur ses vitres. Comme si je le faisais exprès ! dit-elle. Alors que je n'ose même plus les arroser les pauvres, mes campanules sont presque asséchées ! C'était bien, vous ?
— Oui.
— Il m'a traitée de connasse et de mal baisée.
— Il connaît l'Argentin ?
— C'est pas drôle ! C'est un malade. Je veux que tu lui casses la gueule.
— On est bloqués dans les encombrements pour le moment.
En raccrochant je dis à Luc, on dira qu'on s'est ennuyés à l'anniversaire. Pas la peine de lui raconter la grue et mon frère imbécile. J'ai honte de mon frère tu comprends.
Luc se tait.
— Et ce Marzio que je voulais te présenter ! Jamais vu un enfant plus stupide.

Marion nous ouvre en peignoir avec un turban africain sur la tête. Elle est encore mouillée de sa douche et paraît moins hystérique qu'au téléphone. Elle veut tout de suite connaître les derniers potins, surtout savoir où en sont les choses entre Serge et Valentina. J'ai dit, Valentina mérite beaucoup mieux.

— Qu'est-ce que ça a à voir ?
— Trop de monde, trop de bruit dans cet anniversaire. On n'est pas restés longtemps. J'ai emmené Luc voir des maquettes de villes fortifiées aux Invalides.
— Il s'est bien entendu avec le fils de Valentina ?
— Très bien.

Elle se laisse tomber dans le canapé d'angle en tirant Luc à elle.

— Tu t'es bien entendu avec le petit garçon ?

Il grimpe sur ses genoux et se blottit en chien de fusil. Elle lui caresse le front.

— On peut l'inviter ici un dimanche. Je me suis fait une teinture végétale. Ça me gratte atrocement. Jean, fais-moi plaisir, sonne chez le cinglé et dis-lui que tu vas le buter si j'endure encore la moindre insulte.
— J'y vais tous les mois.
— Une seule fois. Avec un ton mielleux et lâche.
— Deux fois. Et tu l'avais traité d'abruti.
— Ben oui !... Si tu nous servais un verre de vodka ?

Je m'échoue à leur côté avec les verres.

— En Pologne, j'ai découvert la vodka au gingembre.

Elle dit, je vais le coucher tôt. Il a école demain. La télé est allumée sans le son. Chantier naval et paquebot géant. Président riant avec son curieux retroussement de narines. Ineffable sérieux d'intervenants sur un plateau. Luc déplie ses jambes sur les miennes. La pièce est bordélique. Un bordel doux d'accessoires féminins, instruments domestiques, pièces de jouet, toute une ribambelle d'objets errants. Dehors, la lumière déclinante sur les immeubles de Bègues. On entend des portières claquer. Les bruits de Bègues sont autres que ceux de Paris. Ce sont des bruits un peu tristes et de nulle part. Bègues n'a pas d'environs. Et pas de limites réelles. Là où finit Bègues commence une autre ville, et là où celle-ci finit une autre commence qui est pour ainsi dire la même. Au musée, les villes étaient distinctes dans le paysage, humaine maçonnerie pelotonnée, campée en plein mystère. Marion est satisfaite d'habiter à Bègues. Il y a donc bien un endroit qui s'appelle Bègues. Si je pense à Bègues en tant qu'endroit, je veux dire un endroit où je pourrais durablement être, une douleur d'exil m'étreint sur-le-champ. Au musée des Plans-reliefs, je pouvais me projeter dans une masure à Bayonne j'avais la guerre et l'Inconnu alentour. Amers sont les retours. Marion gazouille des choses à l'oreille de son fils. Elle lui parle une langue qui n'existe pas. Une chanson inventée dans les premiers temps du bébé qu'elle a gardée pour

lui seul. Je nous reverse de la vodka. La télé débite ses images convulsives.
Marion a enlevé son turban africain. Elle dit, tu penses qu'on va vers un monde horrible ? Elle dit encore, il faudrait qu'il dîne ce petit garçon, tu as école demain mon amour. Elle tord ses cheveux et me demande de quelle couleur ils sont devenus. Je prends une tête embêtée. Elle rit. Une chaussette de Luc est trouée. Je glisse mon doigt pour le chatouiller.

J'ai lu quelque part que les hommes en vieillissant peuvent aller dans deux directions. Certains se fabriquent une armure et s'endurcissent, d'autres s'ouvrent et foncent dans le mélo. Tonton Jean fonce dans le mélo. À cet instant on me trouve dans un de ces pavillons modernes qui jouxtent le bois de Vincennes en train de danser avec ma sœur sur *Jailhouse Rock* d'Elvis Presley. Une heure avant, dans la salle de conférences adjacente, parents à droite, élèves à gauche, on assistait à la laborieuse remise des diplômes de fin d'études de l'école Émile Poillot. Le DJ configuré pour l'ambiance multigénérationnelle passe du rap aux vieux standards. Un aréopage goguenard, Margot, Joséphine, Victor et des copains de sa promotion, nous mate en buvant du punch. Jo semble tout à fait remise de l'évaporation du Tunisien. Jamais à plus d'un mètre des tables de buffet, Ramos rôde et picore avec une fausse nonchalance. Tonton Jean a tombé la veste. Il fait tournoyer sa sœur avec la furie des vieux. C'est une furie particulière, acharnée et raide, une furie trompe-la-mort dont l'homme sort pantelant et assoiffé quittant la piste à regret dans l'espoir d'y revenir, remonté par un secret mécanisme. Tonton Jean s'approche de Ramos, il lui met la main sur l'épaule et lui demande comment est la sangria, après tout c'est un Espagnol. Ramos la trouve honnête (quoique trop cannellisée) et s'empresse de le servir (il s'en reverse une louche au passage), il lui vante également les petits beignets de calamar et les tapas de poivron confectionnés par les élèves de première année, d'ailleurs les élèves de première année ont préparé tout le banquet, dit-il la face rouge brique de chaleur ou de vin. Margot aussi veut danser avec tonton Jean. Elle le tire par la chemise mais la musique ne s'y prête plus. Elle dit c'est dommage que tonton Serge ne soit pas là. Est-ce qu'on l'a invité au moins ? Ramos sélectionne une part de tortilla et dit, je pense que personne ne l'a invité. Elle dit, c'est idiot. Vous êtes idiots tous. Arrête de te goinfrer papa, tu es déjà énorme. Sur la terrasse bondée je vois Victor enlacer une fille. Il est grand et beau (contrairement à R...). Je demande à Margot si c'est sa copine. Elle ne sait pas. Elle dit, et toi, pourquoi on ne voit jamais ta copine ? Je n'ai pas de copine. Je suis sûre que tu n'es pas seul tonton

Jean. Arrête d'embêter les gens, dit Ramos en gobant une *croqueta*. Je réfléchis au mot *seul*. Nana nous a rejoints, elle se pend à mon bras. Elle dit, elle est chouette cette fête. J'embrasse sa nuque enfiévrée et je pense : ma petite sœur chérie. Le personnage mélodramatique se sent bien à la fête des Ochoa. Il a applaudi le discours d'excellence du directeur, il s'est ému lorsque Victor s'est avancé sur l'estrade avec son enveloppe. Il pense qu'il n'est pas seul. D'ailleurs il va de fête en fête. Hier il était à celle de l'école de Luc. L'enfant n'y a fait qu'une mince apparition en mafieux napolitain le visage dévoré par des lunettes noires. Après ils sont allés manger une pizza. Je ne suis pas seul, se dit-il. Il regarde la grande salle, le terre-plein devant, où familles, amis boivent, mangent et se réjouissent. Il fait partie de cet ensemble fraternel, il lève son verre, il rit, il chasse les nuées fugaces et sombres qui le frôlent, ferme les yeux quand se présente l'abîme où verse la foule des insouciants, les frères, les sœurs, les cousines, les fiancés, les vieux, les promus.

Il est deux heures du matin. La rue est vide. J'aperçois aussitôt sa forme sombre, plus sombre que la nuit. Perché sur un des chasse-roues de la porte cochère, le corbeau de la rue Grèze m'attend. Je dis *le* corbeau car il est évident qu'il s'agit du corbeau qui déchiquetait le pigeon mort il y a quelques mois. Que fait-il à cette heure ? Il m'a vu de loin et siège immobile et outrecuidant comme le corbeau d'Edgar Poe – *il se percha sur un buste de Pallas juste au-dessus de la porte de ma chambre – se percha, siégea et rien de plus.* À voix haute, je demande, que veux-tu ? Il me regarde sans ciller. Comment t'appelles-tu ? dis-je encore. Dis-moi ton nom. Je tends l'oreille, m'attendant à ce qu'il prononce *Nevermore !* dans sa langue natale, tel son romanesque prédécesseur. Mais il se tait. Statufié sur son plot de pierre. Dans un village d'Espagne où je marchais une nuit lointaine avec une fille qui me plaisait, nous avions été suivis par une procession d'oies noires. Surgies d'on ne sait où elles avaient accompagné nos pas formant une traîne inquiétante et lugubre. Il faisait chaud. Je tenais Ariane par la taille et nous avancions en silence entre les maisons sans lumière cherchant à trouver un sens au désordre vital. C'était le genre de fille de ma jeunesse qui traînait d'un coin du monde à l'autre. Ses cheveux sentaient l'encens, elle avait des amulettes et de la poudre dans les poches. Que deviennent les gens qui s'éloignent ? Le corbeau soulève ses ailes et les repose. En d'autres époques de ma vie, je me serais complètement fichu de cette présence, je ne serais jamais resté sur ce seuil obsédé par le noir glacial de la livrée et le bec funèbre. Quelle fragilité (pleutrerie) me paralyse devant ce volatile ?

Envole-toi charognard. Dégage. Laisse-moi rentrer chez moi bête sinistre.

Quand revient l'été revient le temps. La nature vous rit au nez. L'esprit de félicité écorche l'âme. L'été contient tous les étés, ceux d'avant et ceux que nous ne verrons jamais. L'été dernier notre mère vivait encore. Elle périclitait doucement dans son rez-de-chaussée d'Asnières sous le gardiennage d'aides-soignantes plus ou moins compatissantes luttant du lit à la chaise de cuisine où elle s'attablait pour rien contre un mal de cœur incessant. Pendant presque deux semaines elle s'était retrouvée seule livrée aux gardes-chiourmes. Nous n'avions pas jugé utile d'établir un roulement pour qu'elle ne soit pas abandonnée. Je l'appelais de Vallorcine où je participais à des expéditions en montagne. Elle parlait d'une voix amenuisée qui me torturait et ne se plaignait presque pas. À chaque coup de fil j'appelais dans la foulée Serge (en Grèce avec Valentina) ou Nana (dans leur cabane de Torre-dos-Moreno). Eux faisaient la même chose. Chaque fois on se demandait si l'un de nous ne devrait pas rentrer et personne ne rentrait. Certains étés remontent à loin. L'été des oies noires, en route vers le Portugal. L'été du GR 20 en Corse et des deux chiens avec qui nous avions marché qui couraient derrière la bagnole. L'été de mes concours. L'été de Jérusalem dans le car avec Serge. Plus éloigné encore, un été au square Roger-Oudot, Nanny Miro sur un banc, son sac mou posé à côté et dedans un autre sac mou d'où sortaient les pelotes de laine et le fil qu'elle tricotait. Longue série d'images logées dans un cerveau ordinaire et qui disparaîtront avec lui. Images sans portée et sans lien si ce n'est le scintillement perfide de l'été, cette lame qui revient chaque année pour nous blesser.

Il m'appelle le 20 juillet. Vingt, bon chiffre. Deux plus zéro égale deux. Chiffre apaisant et amical. Il a pris soin de choisir cette date pour le deuxième scanner. Il en sort. On ne s'est plus parlé depuis un mois. Dans les jours qui avaient suivi l'anniversaire de Marzio j'avais espéré un signe, une manifestation même indirecte pour préserver son amour-propre (l'amour dit propre, disait le père). En vain. Il m'annonce que le nodule a doublé. Doublé ?
— On est passé de six à onze millimètres.
— Qu'est-ce qu'ils t'ont dit au scanner ?
— Qu'est-ce que tu veux qu'ils disent ?
— Où es-tu ?
— Dans la rue.
— Ça va ?
— Je ne me suis jamais senti aussi bien de ma vie.

Le surlendemain, je l'accompagne chez le pneumologue. Un grand homme sec entre deux âges avec une mèche crantée sur le front. Au mur, au-dessus de lui, une affiche conceptuelle du pôle Sud. Il nous reçoit avec une expression effarée qui s'avérera permanente. Il parcourt le compte rendu de l'examen et confirme sobrement l'augmentation probable de taille du nodule. Ensuite il glisse un CD dans l'ordinateur et se cale dans son fauteuil pour étudier les images. Un climatiseur mobile envoie dans la pièce un vent réfrigéré. Les petits clics du clavier percent derrière le bruit de la soufflerie. Serge porte un blue-jean large et cartonné. Je ne l'ai pas vu en jean depuis des années. D'ailleurs il ne sait pas le porter. A-t-il mis un jean pour faire jeune, ou maintenir à toute force une apparence de quotidien ? Le pneumologue n'en finit pas de scruter l'écran. Serge le regarde, les mains croisées entre les cuisses, le haut du corps configuré dans une caverneuse immobilité. En réalité, je m'en rends compte, il ne regarde pas le médecin mais le bleu de l'Antarctique au centre des continents gris sur le poster. Il fixe le bleu ami, le bleu positif bien que celui-ci soit clair, le bleu clair étant apparenté, m'a-t-il dit un jour, au jabot de dentelle, par conséquent moins satisfaisant mais quand même actif à défaut d'un bleu profond. La fenêtre donne sur une cour en ravalement. Des ombres passent de temps à autre derrière les voilages. La voix capitonnée qui sourd dans le silence dit, on va devoir faire des explorations complémentaires.

Le pneumologue propose une endoscopie bronchique laquelle consiste à passer un tuyau à travers le nez et la gorge pour faire des prélèvements dans la trachée et les bronches. Le pneumologue n'exclut pas une infection bactérienne. Une tuberculose ou une autre infection torpide pourraient donner ce type d'image, dit-il. Les mots bactérie et tuberculose sont infiniment réconfortants, leur dimension romanesque est de bon augure. Hélas, voilà qu'il s'empresse de tout gâcher avec sa deuxième prescription, le PET-scan. Le PET-scan, poursuit-il d'une voix épouvantablement duveteuse, est un examen plus sophistiqué qui va nous renseigner sur la nature du nodule et éventuellement détecter d'autres anomalies en dehors des poumons.
Nous connaissons le PET-scan mon garçon, pensé-je. Nous sommes allés le faire à Sarcelles avec la mère. Aurore lugubre. Interminable attente dans la salle. Je ne veux pas réentendre cette musique. Me viennent soudain des images d'années en montagne avec le père et Maurice. Les mocassins blancs de Maurice que le père appelait les chaussons de la rue Raffet et avec lesquels Maurice dérapait et tombait tandis qu'on l'extirpait d'un fouillis de ronces. On se gavait de framboises et de fraises des bois, discutant à l'infini sur leurs qualités respectives. La framboise sauvage est meilleure, disons plus prévisible, que la fraise en globalité, sa saveur est plus

fiable. Entre une framboise et une fraise des bois cueillies côte à côte la framboise a toutes les chances d'être meilleure, mais aucune framboise n'arrivera jamais à la cheville d'une grande fraise des bois. Sur ce point nous avons toujours été d'accord, me dis-je. Tandis que le pneumologue parle de produit radio-marqué, de traceur, d'Assistance publique, de Centre cardiologique du Nord, je pense au fils de Zita glissant dans un précipice de nénuphars pour attraper une framboise en contrebas. Les nénuphars avaient masqué la déclivité et il était tombé dans le torrent.
— Et si ça fixe le sucre ? dit Serge.
— Ce sera un argument supplémentaire pour penser à quelque chose d'actif et qui prolifère, dit l'homme avec son visage effaré.
— Un cancer, dit Serge.
— C'est une des hypothèses.
— Et qu'est-ce qu'on fait après ?
— Il est possible qu'on soit obligé de l'enlever. Mais ce n'est pas raisonnable d'en parler avant le bilan. Je ne peux pas vous donner toutes les hypothèses diagnostiques et thérapeutiques à ce stade.

Sur le trottoir, la drague incompréhensible de deux pigeons ramiers. Lui semble à fond. Il la suit bec dans les plumes, épouse tous les méandres de son parcours confus. Ils se séparent soudain et partent dans deux directions opposées. Elle revient

mollement vers lui. Il s'en fout, picore un truc près de la grille de l'arbre et volette pour atterrir un mètre plus loin. Elle tourne en rond. Il revient et tourne sur lui-même avec des effets bouffants. Le serveur apporte deux cafés et deux vodkas. Serge dit, pas un mot à Joséphine.
— Non.
— Tuberculose ! Depuis quand la tuberculose produit une tumeur ?
— Il a parlé de séquelle. Séquelle nodulaire bénigne.
— Bénigne. Pour m'enfumer.
— Tu es seul ce soir ? Viens dîner. Je nous fais des spaghettis à l'ail.
Il acquiesce. On se tait.
Il fait chaud. Le marronnier commence à perdre ses feuilles. Au bout d'un moment Serge dit, Peggy Wigstrom se marie.
— Ah bon ?
— Avec un courtier en assurance.
— Tu devrais te débarrasser de la plante hideuse.
— Tu crois ?...
— Vire-la. Je viens t'aider.
— Si ça se trouve j'ai une infection.
— Bien sûr.
— Une petite infection. Et hop !
— Hop.
— Ou un cancer foudroyant.
— Ne gamberge pas.

On siffle les vodkas. J'en commande deux autres. Double, dit Serge.

— Pourquoi je m'emmerde avec l'endoscopie. Pourquoi je ne fais pas directement le putain de PET-scan ?

— Parce que tu as peut-être une infection.

Il allume une énième Marlboro Gold. La pigeonne s'est aplatie. Son prétendant a grimpé sur elle dans un remue-ménage d'ailes fébriles.

— Pas de première gaieté tout ça, dit-il.

— C'est fini la première gaieté. Mais on peut encore rire.

Il hoche la tête.

— Tu sais ce que j'aimerais revoir ? *Frankenstein Junior*.

— Moi aussi, je dis.

— Tu te souviens comme papa avait ri lui qui ne riait pas facilement ?

— On avait honte.

— Tout le ciné le regardait. Mais on était heureux.

Quand tu fumes deux paquets par jour, dit Nana, tu ne peux pas t'attendre à autre chose ! L'annonce faite à Nana (par mes soins au téléphone) du nodule au poumon et de son grossissement a provoqué un séisme irrationnel et frénétique. Je m'étais appliqué à présenter les choses avec un recul placide, confortant l'hypothèse bactérienne mais après deux mots elle ne m'écoutait déjà plus.

Serge avait creusé sa tombe avec sa vie d'excès et de non-sport, son refus de toute discipline. Elle avait bien vu en Pologne que c'était un garçon incapable de se refréner. Que traduisait une continuelle absence de volonté sinon un penchant pour l'autodestruction ? Elle s'en voulait de lui avoir dit que sa vie était un ratage. Quelle vie n'était pas un ratage ? Selon quels critères pouvait-on dire qu'une vie était ou non un ratage ? Il lui arrivait elle-même de considérer sa propre vie sous l'angle de l'égarement. Elle s'était intéressée aux autres sur le tard et voyait dans son embardée caritative un sursaut pour récupérer une route menant quelque part. Mais ce qu'elle avait pu faire, elle le devait à son entourage et à sa stabilité émotionnelle, des choses dont Serge ne pouvait se vanter. Pour dire la vérité, elle lui avait trouvé une petite mine à Auschwitz. Elle était un peu *chamane* (son expression) et sentait ces choses-là. Elle l'avait trouvé fatigué et morose, comme nimbé d'une brume grisâtre. Mais mon Dieu, comment une catastrophe pareille pouvait nous tomber dessus d'une seconde à l'autre ! Est-ce qu'on allait revivre ce qu'on avait vécu avec les parents ? Les longs couloirs d'attente et de tourment, la mince comptabilité des espérances. Et pourquoi cette maladie s'acharnait sur notre famille ? Je l'ai interrompue. J'ai essayé de lui expliquer qu'un diagnostic était prématuré. Je me suis efforcé de lui opposer une sérénité de bazar et ce

rôle de pondérateur m'a semblé tout à coup plaqué et d'une vanité grotesque. Que devait-elle faire ? L'appeler ? Est-ce qu'il répondrait gentiment ? Elle m'a demandé comment il prenait les choses. J'ai dit, il est brave. Mais ce mot aussi m'a semblé vide de sens. Il y a eu un trou dans la conversation et j'ai cru entendre des pleurs. J'ai senti que mes yeux pleuraient aussi et j'ai retenu ma respiration pour qu'elle n'en sache rien.
À Jérusalem, je suivais Serge dans les ruelles encombrées de la vieille ville arabe. On avait quitté le groupe et je me sentais ivre de liberté dans cet endroit inconnu. Je suivais mon frère dans la foule. J'avais peur de le perdre. Mon frère se retournait pour vérifier ma présence. J'ajoutais un petit coucou de la main pour le rassurer. J'ai toujours suivi Serge. Il s'en plaignait quand nous étions enfants. Dans l'appartement de la rue Pagnol, il se déplaçait avec un crampon permanent dans ses pas.

L'endoscopie bronchique n'a rien donné. Pas d'infection, pas de providentielle pneumonie.
Dans la liste des grands criminels j'ajouterais certains décorateurs, me dis-je regardant la rangée inoccupée de sièges sur poutre à coque bleue, parallèle à la nôtre, vissée au mur d'en face. À part ces sièges, il n'y a strictement rien. Un sol lisse et bistré sous le plafonnier néon. Ni table ni plante, à peine aperçoit-on dans l'angle du couloir un

distributeur d'eau. À hauteur de tête sur les murs gris passe une frise vert pâle. Garnissons le bunker avec un petit visuel printanier ont pensé les salauds. L'homme qui s'assoit dans la salle d'attente en sous-sol du département de médecine nucléaire de l'hôpital Madeleine-Brès est précipité dans un abîme de solitude. Le malade qui va mettre son corps dans la machine ou l'accompagnant neutralisé par le protocole et sa propre impuissance. Nous sommes trois dans le bunker. Collés au mur sur la banquette industrielle, les trois enfants Popper. Nous serons toujours pour nous-mêmes les trois *enfants* Popper.

Nana dit, la dernière fois qu'on était ensemble c'était à Auschwitz, maintenant PET-scan à Madeleine-Brès. Il faudrait qu'on trouve un truc plus marrant à faire.

Il se tourne vers elle (il est assis au milieu), l'attire à lui par sa queue-de-cheval et l'embrasse dans le cou.

— Qu'est-ce qu'il fait ton mari tout seul dans son cabanon à Torre-dos-Moreno ?
— Il pêche le maquereau. Margot va le rejoindre.
— Et le grand chef ?
— Il est second de cuisine dans un nouveau resto vers Lafayette. Mais ils ne sont que deux.
— Et le fast-food ?
— À la rentrée.

Elle se déporte pour se presser contre lui et lui caresser le dos de la main mais ces sièges ne sont pas faits pour l'intimité.

Après l'endoscopie on a bazardé la plante de Seligmann. Le pot, le tuteur en PVC, les crochets dans deux grands sacs-poubelles. Une saloperie cette plante. Une infirmière entre et dit, monsieur Popper ?
Serge Popper se lève. Il tient son dossier médical comme un bon élève.
Il laisse entre nous un trou bleuté.

Cet ouvrage a été mis en pages par

<pixellence>

CET OUVRAGE
A ÉTÉ ACHEVÉ D'IMPRIMER
SUR ROTO-PAGE
PAR L'IMPRIMERIE FLOCH
À MAYENNE EN NOVEMBRE 2020

N° d'édition : L.01ELJN000974.N001. N° d'impression : 97124
Dépôt légal : janvier 2021
Imprimé en France